1

POLUX

LE PRINCE OUBLIÉ

1

POLUX

LE PRINCE OUBLIÉ

Aude Vidal-Lessard

ADA
JEUNESSE

Éditeur : François Doucet
Révision linguistique : Daniel Picard
Correction d'épreuves : Nancy Coulombe, Katherine Lacombe
Conception de la couverture : Tho Quan, Matthieu Fortin
Photo de la couverture : © Thinkstock
Mise en pages : Sébastien Michaud
ISBN papier 978-2-89667-560-9
ISBN PDF numérique 978-2-89683-482-2
ISBN ePub 978-2-89683-483-9
Première impression : 2012
Dépôt légal : 2012
Bibliothèque et Archives nationales du Québec
Bibliothèque Nationale du Canada

Éditions AdA Inc.
1385, boul. Lionel-Boulet
Varennes, Québec, Canada, J3X 1P7
Téléphone : 450-929-0296
Télécopieur : 450-929-0220
www.ada-inc.com
info@ada-inc.com

Diffusion

Canada :	Éditions AdA Inc.
France :	D.G. Diffusion
	Z.I. des Bogues
	31750 Escalquens — France
	Téléphone : 05.61.00.09.99
Suisse :	Transat — 23.42.77.40
Belgique :	D.G. Diffusion — 05.61.00.09.99

Imprimé au Canada

Participation de la SODEC.
Nous reconnaissons l'aide financière du gouvernement du Canada par l'entremise du Programme d'aide au développement de l'industrie de l'édition (PADIÉ) pour nos activités d'édition.
Gouvernement du Québec — Programme de crédit d'impôt pour l'édition de livres — Gestion SODEC.

Catalogage avant publication de Bibliothèque et Archives nationales du Québec et Bibliothèque et Archives Canada

Vidal-Lessard, Aude, 1993-

Polux
Sommaire : t. 1. Le prince oublié -- t. 2. L'œil de glace.
Pour les jeunes de 10 ans et plus.
ISBN 978-2-89667-560-9 (v. 1)
ISBN 978-2-89667-561-6 (v. 2)

I. Titre. II. Titre : Le prince oublié. III. Titre : L'œil de glace.

PS8643.I348P64 2012 jC843'.6 C2011-94279
PS9643.I348P64 2012

À mes parents, parce que rien
ne vaut la fierté qui brille dans leurs
yeux lorsqu'ils me regardent.

Je vous aime.

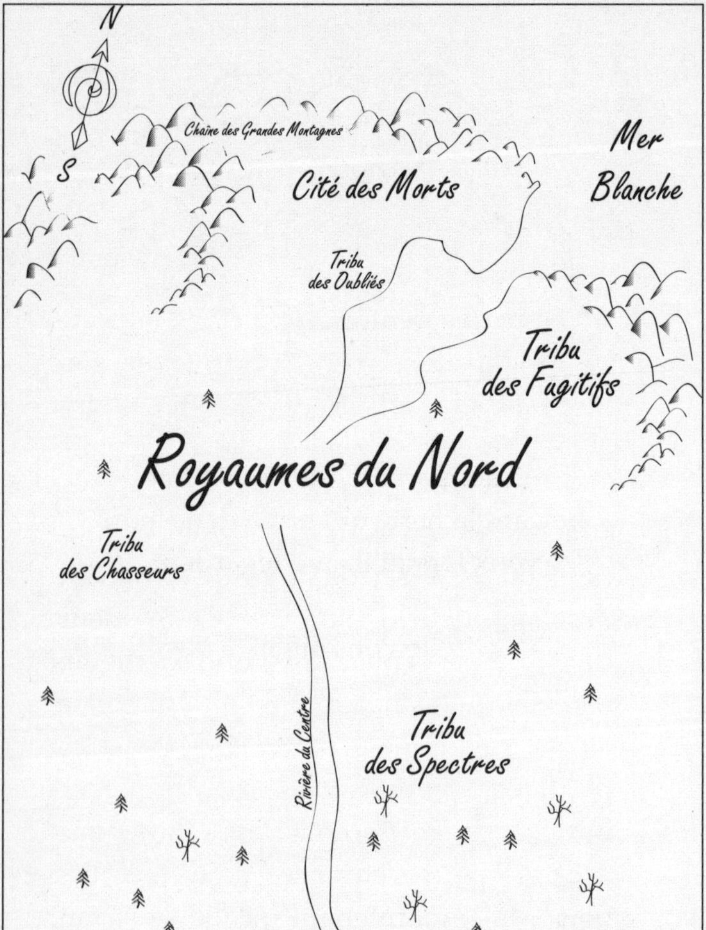
N
S
Chaîne des Grandes Montagnes
Cité des Morts
Mer Blanche
Tribu des Oubliés
Tribu des Fugitifs
Royaumes du Nord
Tribu des Chasseurs
Rivière du Centre
Tribu des Spectres
Royaume des Quatre

Prologue

Ses pattes s'enfoncèrent dans la boue lorsqu'elle s'arrêta pour lever son museau vers le ciel noir. Elle ferma les yeux pour empêcher les gouttes de pluie d'y tomber, mais aussi pour mieux se concentrer. La louve inspira profondément, puis retrouva ce qu'elle avait perdu : l'odeur d'une proie. Cette odeur lui était parvenue alors que la meute revenait de la chasse. Bien que sa panse ait été assez remplie pour nourrir tous les petits, la louve avait été attirée par ce parfum si… différent. Elle s'était donc éclipsée pour s'enfoncer dans le sous-bois. Mais, maintenant qu'elle se savait proche du but, la louve hésitait. L'odeur avait quelque chose d'étrange… Elle sentait la proie, mais aussi le prédateur. La louve agita les oreilles et souffla bruyamment. Finalement, elle se glissa entre deux buissons aux branches affaissées par l'eau de pluie. C'est là qu'elle le vit. Recroquevillé entre un tronc d'arbre et un gros rocher, il y avait un de ces êtres qui marchaient sur deux pattes. Mais, contrairement à ceux que la louve avait déjà vus, celui-là était tout petit. Quand elle s'approcha de lui, le petit être marchant sur deux pattes sursauta. Sa bouche s'ouvrit légèrement et des gémissements en sortirent. Ces bruits ressemblaient à ceux que poussaient les louveteaux lorsqu'ils étaient effrayés. La louve s'accroupit donc et continua à s'approcher, le ventre frôlant le sol. Le petit se recroquevilla encore plus. La louve s'immobilisa à un pas de lui et l'observa de ses yeux d'ambre. Il avait la peau pâle, des yeux rougis par l'eau de pluie qui y était tombée — ou peut-être était-ce leur couleur naturelle ? — et sa fourrure rouge ne couvrait que le dessus de sa tête et une petite partie au-dessus de chaque œil. Il hoquetait souvent et à chaque fois, son petit corps était secoué. La louve fit alors ce que seuls quelques loups oseraient faire : elle étira le cou et lécha les pattes avant du petit. Ce dernier se figea soudain et, tout aussi soudainement, il se jeta sur la louve, enserrant le cou de l'animal avec ses courtes pattes. La louve resta immobile un moment, attendant que les sursauts et les tremblements du corps du petit cessent. Puis, elle émit un petit jappement en envoyant la tête vers l'arrière. L'être marchant sur deux pattes finit par la lâcher. Comme la louve restait accroupie, il hésita. Alors, lentement, il se hissa sur le dos de l'animal. Dès que la louve sentit le petit s'accrocher à elle, elle se releva et déguerpit vers l'Est, vers leur repère. Le petit être marchant sur deux pattes faisait maintenant partie de la meute.

1

La rencontre

Le Rôdeur sourit en s'assurant que la capuche de sa cape cache bien ses yeux. « Ça va être un jeu d'enfant... », pensa-t-il. Il s'accroupit et posa ses mains dans l'herbe constellée de gouttes de rosée. Il regarda le bâtiment devant lui, construit en briques rouges. Une unique porte, en fer, du côté Ouest permettait d'entrer. À moins qu'il passe par une fenêtre... Les fenêtres étaient grandes et recouvertes d'un grillage. Ce serait trop long de tout décrocher et d'entrer par la suite. Sauf s'il pouvait retrouver la bonne fenêtre. Il avait déjà arraché son grillage et brisé la vitre lors d'une expédition précédente, en préparation pour ce soir... Oui, c'est ce qu'il ferait. L'adolescent se laissa descendre le long de la colline rendue glissante par l'eau recouvrant l'herbe. Ce faisant, il retint son capuchon d'une main, le vent soufflant doucement. Puis, le Rôdeur entendit un hurlement de loup. Il se mordit la lèvre pour s'empêcher de répondre à l'appel d'Anouka. Anouka était une jeune louve qui n'avait pas encore atteint l'âge adulte. Elle avait un pelage blanc comme la neige, mais sa truffe et son museau étaient d'un noir de jais. Elle n'aimait pas ignorer où se trouvait son frère de meute. Elle détestait ça, même. Et le Rôdeur détestait ne pas pouvoir la rassurer. La louve hurla de nouveau. L'adolescent ouvrit la bouche pour répondre à l'appel, mais il se mordit la langue exprès. « Non… Je la verrai dans un instant… », se dit-il. Il se releva et s'approcha en silence de la fenêtre fracassée. Après avoir évalué la force nécessaire pour son élan, il recula de quelques pas. Il se mit à courir. Rendu à un mètre du mur de briques, il sauta et s'accrocha au mur. Il grimpa quelques mètres encore et s'arrêta. Puis, il respira un bon coup et poussa sur le mur avec ses pieds, assez fort pour lui permettre d'exécuter une pirouette qui le propulserait sur le bord de la fenêtre. Ses pieds touchèrent la brique rêche et il faillit perdre l'équilibre. Il se retint de justesse au cadre de la fenêtre où pointaient encore quelques morceaux de verre. Il soupira et se faufila dans le bâtiment par cette entrée. Il se laissa tomber et atterrit sur un plancher de pierres froides. Lors de la chute, son capuchon était retombé sur ses épaules, révélant sa véritable identité : Polux, l'adolescent aux cheveux écarlates et aux beaux yeux rouge sombre. Le Rôdeur leva les yeux au ciel, exaspéré que son identité soit ainsi révélée, et le rabattit sur sa tête. Il regarda autour de lui. La lumière de la pleine lune provenant de la fenêtre brisée ne permettait de distinguer clairement que le plancher de la salle. Soudain, Polux entendit du verre se briser. Un fragment vint glisser jusqu'à ses pieds. Le Rôdeur le fixa un instant, puis releva la tête pour regarder devant lui. Il posa la main sur le manche de son sabre, accroché à sa ceinture, qui était de travers. Il aurait peut-être besoin de se défendre… Il avança alors lentement. Après quelques pas, il se figea. À moins de trois mètres devant lui, quelqu'un s'affairait à il ne savait quoi. L'individu était de dos et n'avait pas entendu Polux. C'est alors que l'adolescent compris une chose : celui qui se tenait devant lui était ici pour se procurer l'objet qu'il convoitait lui-même. Polux dégaina son sabre. Avant que l'autre ne puisse réagir, le Rôdeur l'avait attrapé par l'épaule pour le retourner et lui avait mis la lame sous le menton. À ce moment, le garçon s'immobilisa. Son adversaire portait lui aussi une cape à capuchon. Ce capuchon était retombé lorsque Polux l'avait fait se retourner. Le voleur s'était alors avéré être une voleuse ! Malgré la situation, le Rôdeur se sentit tomber sous le charme de ce qu'il voyait. Une peau lilas, de grands yeux violets et un petit nez fin.

— Oh, je frappe pas les filles, dit-il en la relâchant.

— Dommage, répondit-elle, parce que moi, je frappe les gars.

Et elle assena à Polux un coup de pied au torse. L'adolescent tomba à la renverse et se cogna la tête sur le sol. Il se redressa sur ses coudes, étourdi. Puis il vit la fille saisir le sabre qu'il était venu chercher. Et avant qu'il n'ait retrouvé ses esprits, elle s'était mise à courir et avait sauté par la fenêtre. « Génial… ! pensa Polux. Vraiment génial ! » Il se laissa choir à terre et soupira : son capuchon était encore retombé.

Moins de 10 minutes après avoir quitté le vieux bâtiment, Polux entendit un autre hurlement de loup. Cette fois, il envoya la tête vers l'arrière et hurla à son tour, imitant le cri de l'animal. Après quelques minutes d'attente, Anouka apparut, la langue pendante et les oreilles pointant vers l'avant. Sans même laisser une chance à Polux de se défendre, elle se dressa sur ses pattes postérieures et se jeta sur lui, le faisant tomber à la renverse. Elle se mit à lui lécher les joues et alors que Polux tentait de la repousser, elle cessa soudainement de le couvrir de bave. Elle agitait les oreilles et poussait de petits gémissements en regardant les mains de son frère de meute. Polux jeta un œil aux coupures qu'il s'était faites en tombant lors de son cambriolage. Ou plutôt, lors de sa tentative de cambriolage…

— Je vais bien, ma belle…, murmura-t-il pour rassurer la louve. Seulement des éclats de verre. Et tu sais bien que je cicatrise très vite.

C'était quelque chose que l'adolescent avait remarqué plusieurs années auparavant lorsqu'il avait essayé de grimper au sommet d'un arbre. Il n'y était pas arrivé et avait fait une chute d'une hauteur vertigineuse. Cela lui avait coûté une énorme plaie ouverte qui, étonnamment, avait disparu au bout de quelques jours. Cette remarque sembla calmer Anouka qui recula afin que Polux puisse se relever. Le garçon s'exécuta et fixa sa sœur dans les yeux. De grands yeux bleus où commençaient à apparaître des taches dorées, la couleur du regard des loups adultes.

Anouka se plaqua alors au sol en aboyant et en agitant la queue.

— Non, j'ai pas envie de jouer…, soupira Polux en la contournant.

Il traîna les pieds jusqu'à un grand érable, s'adossa au tronc et se laissa glisser à terre. Anouka trottina jusqu'à lui et lui enfonça son museau dans le cou, mais Polux se mit à maugréer en la repoussant. La louve, honteuse d'avoir déplu à son frère, baissa la tête en gémissant.

— Non…, s'excusa Polux en s'agenouillant.

Il prit la tête de l'animal entre ses mains et déposa un baiser sur le bout de son nez. Anouka lui pardonna immédiatement et comprit qu'il n'avait pas la tête au jeu. Elle alla donc s'allonger aux côtés de Polux et posa la tête sur ses pattes antérieures. Elle regarda son ami du coin de l'œil pendant une seconde et serra les paupières. Polux sourit, ferma les yeux et s'endormit.

Pendant que Polux dormait, Anouka surveillait les environs. Si quelqu'un osait attaquer son protégé!... Alors elle restait là, à attendre, sans trop remuer pour ne pas réveiller l'adolescent. Les oreilles pointant dans tous les sens, elle reniflait l'air. Elle pouvait tout sentir à des kilomètres à la ronde. Elle respirait l'odeur des montagnes, celle du soleil levant qui caressait son pelage... Le vent lui parlait, la rivière chantait et lorsque des orages éclataient, le tonnerre lui hurlait son mécontentement. La nature entière était en constante communication avec elle. Le vent lui apporta alors un faible bruit. Des branches craquaient. Anouka pouvait aussi entendre une respiration haletante. La louve montra les crocs et grogna. Elle se releva. Et si on voulait du mal à son jeune maître?...

Polux ouvrit les yeux. À côté de lui, Anouka s'était dressée et grognait, les oreilles plaquées sur sa tête. Ses poils étaient hérissés sur son corps et ses yeux s'étaient assombris. Le Rôdeur entendit alors des branches craquer à intervalles réguliers. Des pas. Polux se redressa brusquement, les mains et un genou à terre. Il jeta un regard à Anouka qui signifiait qu'elle devait partir. Toutefois, la louve fit quelques pas en avant, comme si elle voulait se placer devant lui.

— Non, fiche le camp ! ordonna Polux.

La louve tourna la tête vers lui et le regarda droit dans les yeux. Elle gémit.

— T'inquiète pas pour moi.

Elle sembla hésiter un instant, reculant de quelques pas. Elle pivota lentement, mais ne quitta pas Polux des yeux. Ce dernier lui fit signe qu'il ne voulait plus la voir ici. Puis finalement, elle disparut dans les profondeurs de la forêt.

Polux resta immobile. Il regardait autour de lui, s'attardant sur les endroits que le soleil n'atteignait pas encore. Soudain, une ombre se jeta sur lui et il se retrouva plaqué au sol, les bras le long du corps.

— Qu'est-ce que tu fais ici ? s'exclama son agresseur.

Il portait une cape à capuchon, un peu comme celle de Polux, mais dont le cuir était couleur fauve. Le capuchon était rabattu sur sa tête et tout ce que Polux put distinguer fut la longue mèche de cheveux violets qui vint lui frôler la joue.

— C'est plutôt moi qui devrais te poser cette question…, répliqua-t-il en souriant.

Il jeta un coup d'œil à ses bras, maintenus à terre par la poigne de la jeune fille. La peau était lilas. Le Rôdeur ajouta :

— C'est toi qui m'as piqué le sabre hier soir, hein ?

— Non, je te l'ai pas piqué, répondit sèchement la fille en appuyant sur les bras du Rôdeur, comme si elle avait voulu les enfoncer dans le sol. Pas à toi, en tout cas…

Polux observa à tour de rôle ses bras et le visage, à peine visible sous la capuche, de l'adolescente.

— Pas mal pour une fille…

Il se redressa lentement sans même se défaire de la poigne de l'autre. Une fois assis, son sourire s'élargit.

— …mais pas assez forte pour moi.

La fille le lâcha et posa ses mains sur ses genoux. Il y eut quelques secondes de silence durant lesquelles les deux adolescents s'observaient, sans toutefois apercevoir autre chose que le bas du visage de l'autre. Finalement, Polux leva lentement la main et approcha ses doigts de la joue de la fille. Celle-ci ne bougea pas lorsqu'il saisit le capuchon de sa cape et le tira vers l'arrière. Il sourit en reconnaissant le joli visage de la veille.

— Pour qui tu te prends ? demanda l'adolescente en le fusillant du regard.

Polux leva les sourcils et répondit :

— Pour le Rôdeur, qu'est-ce que tu crois ?

L'autre resta silencieuse, les sourcils froncés et le nez plissé. Cela lui donnait un air très mignon, qui fit sourire Polux. Finalement, la jeune fille se releva en disant :

— Alors ?... Qu'est-ce que tu fais au Royaume des Quatre ?

Le Rôdeur se leva à son tour et, ignorant la question qui lui avait été posée, entreprit d'enlever la poussière collée à sa cape. Au bout d'un moment, il entendit son interlocutrice soupirer. Il reporta donc son attention sur elle et croisa les bras.

— Commence par me dire ton nom. Je te dirai ensuite ce qui m'amène ici.

La fille ne répondit pas tout de suite. Elle se tenait droite, son regard balayant Polux de la tête aux pieds, comme si elle pouvait voir autre chose qu'un long vêtement noir. Sa cape couleur fauve recouvrait presque entièrement son corps, ne laissant découvert que son visage aux traits fins. Quelques mèches de cheveux avaient glissé sur sa poitrine, révélant qu'ils étaient très longs. Disons jusqu'aux... jusqu'au bas du dos.

— Je m'appelle Tara. Je viens des Royaumes de l'Ouest.

« J'avais remarqué... », se dit Polux en regardant les cheveux violets de l'adolescente.

— Maintenant, reprit Tara, qu'est-ce que tu fais ici ?

Polux sourit.

— Rien.

La jeune fille le regarda avec des yeux ronds.

— Quoi ? Tu te fiches de moi ?

— Pas du tout, répondit le Rôdeur. Je vis au Royaume des Quatre depuis…

Il hésita. Son cœur se mit à battre plus vite et, sans le vouloir, il serra les poings.

— …depuis toujours. Enfin, je crois.

Il avait les dents serrées. En une fraction de seconde, une rage froide l'avait envahi. Il aurait voulu hurler, mais il s'obligea à reprendre son calme. Pour le moment.

— Tu crois ?

Polux leva les yeux au ciel, agacé.

— Quel âge as-tu ? demanda encore Tara.

Le Rôdeur soupira. Contournant la fille de l'Ouest, il se dirigea vers un rocher à quelques mètres de là. Tara l'avait suivi et lorsqu'il dégaina son sabre, elle sursauta. Mais Polux ne s'occupa même pas d'elle et se pencha pour trouver un caillou qui aurait la forme qu'il désirait. Après l'avoir trouvé, il se redressa, posa la lame de son sabre sur le rocher et entreprit d'aiguiser le tranchant.

— Eh, je t'ai posé une question, intervint Tara en se postant juste à côté de lui.

« Elle m'énerve... », pensa Polux en imaginant que l'adolescente n'était pas là. Qui sait ? Peut-être allait-elle s'ennuyer et partir ? Mais ce n'était apparemment pas son intention...

— J'ai dit...

— J'ai 15 ans, coupa le Rôdeur en se retournant brusquement.

Il laissa tomber le caillou par terre.

— Et tu en as probablement pas plus que moi. Vrai ?

Tara resta silencieuse pendant un moment et hocha la tête.

— Je suis aussi âgée que toi, confirma-t-elle.

Il y eut un bref instant où personne ne parla.

— C'est quoi ton nom ? demanda alors la fille, brisant de nouveau le silence.

Polux ouvrit la bouche, mais la referma aussitôt. Tara sembla s'offenser.

— Enfin quoi ?! s'exclama-t-elle.

Elle posa les mains sur ses hanches et, la cape s'étant légèrement écartée, Polux distingua une bande de peau lilas et des vêtements ajustés de la même couleur fauve que la cape.

— J'essaie d'être gentille, soupira l'adolescente en penchant la tête d'un côté. J'ai peut-être envie de faire connaissance… Pas toi ?

— C'est pas la question, lâcha le Rôdeur. C'est juste…

— Les autorités ? Tu as peur des gardiens, peut-être ?

— Bien sûr que non ! Je sais pas si je peux avoir confiance…

Tara soupira. Ses yeux violet foncé semblaient chercher ceux de Polux, cachés dans l'ombre de sa cape. Le Rôdeur dévisagea la jeune fille. Sa peau était parfaite : aucune tache ni cicatrice, pas même un grain de beauté ! Ses lèvres minces s'étiraient en un léger sourire, creusant de petites fossettes de chaque côté. Son nez était légèrement pointu et de longs cils entouraient ses yeux sombres. Polux devait s'avouer deux choses : premièrement, elle semblait sincère et deuxièmement, elle était très jolie…

— Polux, dit-il finalement.

Le sourire de Tara s'élargit, ainsi que ses fossettes.

— Quoi ? marmonna Polux en se mordant la lèvre.

— Non, rien. C'est juste… Polux, c'est… c'est mignon…

Le garçon se détendit d'un coup. Ce simple commentaire lui donna l'impression qu'on lui retirait un énorme poids des épaules. Il ne comprenait plus pourquoi il avait souhaité que Tara cesse de poser des questions et s'en aille, pour que cette rencontre ne devienne qu'un souvenir. L'idée d'apprendre à la connaître et de passer du temps en sa compagnie lui paraissait soudain très agréable. Après tout, elle paraissait gentille.

— Mignon ? répéta Polux.

Tara se mit à rire. Puis, comme le Rôdeur l'avait fait un peu plus tôt, elle approcha sa main du visage de l'adolescent. Elle s'immobilisa un instant, attendant sa réaction. Comme Polux ne bougeait pas, elle repoussa le capuchon qui tomba sur les épaules du garçon.

— Les Royaumes du Sud, fit-elle remarquer en observant ses cheveux et ses yeux rouges.

Polux sourit.

— On peut dire ça…

Tara fronça les sourcils en penchant la tête d'un côté. Il était clair qu'elle ne comprenait pas ce que voulait dire le Rôdeur, mais ce dernier n'avait aucunement l'intention de s'expliquer. La jeune fille ouvrit tout de même la bouche, mais elle fut arrêtée par un bruit dans les fourrés. Tara ouvrit des yeux ronds et tourna la tête dans tous les sens alors que Polux, lui, se mettait à rire devant la panique de l'adolescente.

— T'es pas au Royaume des Quatre depuis longtemps, hein ? demanda-t-il sans cesser de sourire.

Tara le regarda d'un air interrogateur. Pour toute réponse, le Rôdeur se retourna vers les buissons d'où provenaient les craquements et s'accroupit.

— Approche ma belle, fit-il d'une voix douce. Elle est gentille.

Les buissons remuèrent et Anouka apparut, les oreilles droites et la queue battant l'air. Elle trottina jusqu'à Polux, qui lui prit la tête et déposa un baiser sur sa truffe. La louve fit de même, recouvrant de bave la joue et le nez de son frère. Le Rôdeur fit la grimace, mais ne put s'empêcher de rire. Puis il se redressa et tourna la tête vers Tara, qui les observait d'un air surpris.

— Voici Anouka, annonça Polux.

L'animal leva les yeux vers Tara.

— Elle est magnifique, fit cette dernière en levant la main vers la louve.

Au grand étonnement de Polux, sa sœur de meute fit un pas dans la direction de d'adolescente et se laissa faire quand Tara posa sa main entre ses oreilles. C'était la première fois qu'Anouka acceptait quelqu'un aussi vite.

— Euh… ouais, fit Polux. C'est ma… ma petite sœur.

Tara le regarda en souriant.

— Oh, oui ! On voit tout de suite la ressemblance ! s'exclama-t-elle.

Polux sourit en donnant une petite tape sur le dos d'Anouka.

— C'est une longue histoire, marmonna-t-il en sentant un nœud se former dans sa gorge.

Tara hocha la tête en regardant la louve, qui avait levé ses yeux aux reflets dorés vers le Rôdeur. La jeune fille finit par l'imiter et, alors que ses joues viraient au rose, elle demanda :

— Tu accepterais de me la raconter en me faisant visiter le Royaume ?

Polux en fut bouche bée. Il hésita un instant et répondit, un léger sourire se dessinant sur ses lèvres :

— Je veux bien y réfléchir.

Après s'être baladés durant un certain temps et sans destination précise, Polux avait décidé d'emmener Tara dans le quartier Sud du village, là où se trouvaient les « incontournables du Royaume des Quatre », comme il aimait les appeler.

L'itinéraire qui permettait de s'y rendre tout en évitant les gardes – qui auraient adoré mettre la main sur le Rôdeur – exigeait une bonne heure de marche et les adolescents en profitèrent donc pour se raconter de nouvelles anecdotes, toutes plus hilarantes les unes que les autres. Il y avait, par exemple, la fois où Polux s'était réfugié dans une caverne en voulant échapper à un groupe de chasseurs de primes. Seulement, en s'enfonçant dans les ténèbres de la grotte, le garçon s'était retrouvé nez à nez avec un ours qui s'éveillait après un long hiver. Le Rôdeur était sorti de la grotte encore plus rapidement qu'il n'y était entré ! Les adolescents riaient encore de ces histoires lorsqu'ils avaient mis les pieds dans la place du marché, un chemin bordé de kiosques sur tout son long, où Tara s'était offerte de nouvelles flèches pour son arc. À leur arrivée, la jeune fille s'était demandée s'il serait possible pour le Rôdeur de l'accompagner sans attirer les soupçons – vêtu d'une longue cape noire et le visage à moitié caché par son capuchon, le garçon ne passerait pas inaperçu ! Mais finalement, il semblait que la majorité des gens qui fréquentaient l'endroit étaient de passage, car ils portaient eux aussi de longs vêtements qui les rendaient impossible à reconnaître. Dans cette foule, Polux devenait un voyageur comme les autres. Le vendeur de fruits ne protesta donc pas quand l'adolescent ramassa quelques pêches dans l'étalage et se mit à jongler avec. Sous les regards amusés du marchand et des clients les plus proches, le Rôdeur lança et attrapa les fruits à plusieurs reprises. Après avoir salué les rares spectateurs, il remit les pêches à leur place et le vendeur ne remarqua pas que l'une d'elles avait disparu.

L'horizon se teintait de rose à l'Ouest. Assis sur une grosse branche d'un saule, les pieds se balançant à plusieurs mètres du sol, le Rôdeur admirait ce spectacle. À ses côtés, Tara était plutôt concentrée sur les combats qui se déroulaient au sol, un peu plus loin. C'était leur dernière visite de la journée : l'école de maniement des armes. Les adolescents étaient arrivés depuis un certain temps déjà, mais n'avaient presque jamais pris la parole. Autour d'eux, tout était calme, le silence n'étant brisé que par le faible bruit des lames et autres armes qui s'entrechoquaient. Lorsque Tara avait demandé à Polux comment il connaissait cet endroit, le Rôdeur avait répondu, un large sourire aux lèvres, qu'il l'avait découvert par hasard quand il était âgé de 10 ans. Après s'être procuré un sabre, il avait commencé à espionner les cours. C'est ainsi qu'il avait appris à se battre.

— Tu ne t'es jamais fait prendre en train d'épier ?

Polux avait secoué la tête, mais Tara était restée sceptique. En voyant ses sourcils froncés, le garçon avait souri et commenté :

— N'oublie pas que je suis le Rôdeur.

Tara avait souri à son tour et n'avait plus posé de question.

Après une semaine qu'ils avaient passée ensemble, les adolescents avaient l'impression qu'il s'était écoulé un mois. En sept jours, Polux avait fait plus de bêtises qu'il n'en avait fait dans la dernière année et ce, grâce à Tara — ou à cause d'elle : ils s'étaient faufilés dans la maison de la famille la plus riche du village, avaient volé quelques-uns des multiples bijoux de Madame et s'étaient assurés qu'elle ait le temps de voir une silhouette noire s'enfuir par la fenêtre. La nouvelle — ou le scandale — s'était répandue à une vitesse fulgurante et lorsque Polux avait présenté les diamants et les perles à un vendeur du marché noir, les yeux de ce dernier étaient devenus si gros qu'ils auraient pu sortir de leur orbite. Les autres plans auxquels s'adonnèrent Tara et Polux n'avaient rien d'aussi grandiose, mais il leur fallut quand même échapper aux gardiens une ou deux fois. Malgré tout, mis à part ces courses poursuites, les journées furent tranquilles et sans complication grave. Le septième soir, les adolescents dégustaient la viande d'un faon qu'Anouka avait chassé avec l'intention de le partager avec son frère de meute et sa nouvelle amie.

Cette dernière esquissa une grimace en voyant Polux découper, à l'aide de son poignard, un morceau de chair sanguinolent et se le fourrer dans la bouche.

– Quoi ? fit le Rôdeur en découvrant le visage horrifié de Tara. Tu m'as déjà vu manger du poisson cru, alors du cerf…

– Oui, mais c'était pas pareil…, objecta l'adolescente en plissant le nez. Le poisson, c'est moins… dégoulinant…

Polux haussa les épaules et se mit à rire. Tara déclara alors qu'elle allait faire un feu, ce à quoi Polux s'opposa sur-le-champ. Mais il eut beau donner toutes les raisons valables à la jeune fille, comme quoi cela allait révéler leur position ou encore qu'elle n'avait qu'à se trouver autre chose à manger si elle était incapable de se contenter de viande crue, Tara tourna les talons et s'installa à quelques mètres de là, s'employant à allumer un petit feu. Finalement, après le repas, les adolescents s'éloignèrent de la carcasse du faon pour trouver un endroit où ils pourraient dormir. C'est Polux le premier qui s'assit par terre et, replaçant la capuche de sa cape afin qu'elle cache bien ses yeux, s'adossa à un arbre.

— Tu vas pas vraiment dormir comme ça ?

Le Rôdeur jeta un regard à Tara.

— Bien sûr que oui.

Il entendit l'adolescente soupirer avant de se diriger vers un arbre voisin. Tara marmonna encore quelques paroles inaudibles et cela fit sourire Polux.

— Qu'est-ce qui te fait rire ? grogna la fille de l'Ouest.

— Oh, rien… Allez, bonne nuit.

Mais, plutôt que de fermer les yeux et essayer de s'endormir, le Rôdeur fixait la lune, juste là entre la cime des arbres. Elle n'était pas encore pleine et sa forme rappelait étrangement la pupille d'un loup. C'était comme si l'œil de la nuit était posé sur lui, petite créature parmi des milliers d'autres.

— Polux ? Je peux te poser une question ?

L'adolescent ne répondit pas, préférant garder toute son attention sur la lune. Sachant bien que Polux ne dormait pas déjà, Tara demanda :

— Tu m'as dit que tu vivais au Royaume des Quatre depuis toujours… Tu en es certain ?

— Pourquoi tu me demandes ça ? répliqua le Rôdeur à voix basse, essayant d'éviter la question.

— J'aimerais savoir comment tu as atterri ici, expliqua la jeune fille sur le même ton de voix. Je veux dire, pas seulement au Royaume, mais comment t'es-tu retrouvé seul, comme ça ?

Il y eut un long silence. Le Rôdeur n'aimait pas parler de son passé. C'était difficile, bien sûr, mais il n'y avait pas que ça.

— Je… je ne me rappelle pas de beaucoup de choses qui remontent à mon enfance.

— Mais quel est ton souvenir le plus lointain ? insista Tara.

Polux serra les dents. Des images lui venaient à l'esprit, mais il préférait oublier la plupart d'entre elles. Et les autres…

— Je me souviens de la pluie, murmura-t-il. Et du froid. Je n'ai jamais eu aussi froid de toute ma vie. Il y avait aussi une odeur de terre et d'herbe. Et de sang. Elle a posé ses yeux d'or sur moi. J'ai cru qu'elle allait me dévorer. Alors je me suis mis à gémir. Elle s'est approchée et a léché mes mains. Et elle m'a emmené à la meute.

Polux se tut. Il n'avait pas l'intention d'en dire plus. Tara devrait s'en contenter.

— C'est pour ça que tu es aussi proche d'Anouka ?

Le Rôdeur se mordilla la lèvre inférieure. Il aurait aimé que Tara cesse de poser des questions. Il n'avait pas envie de parler. Pas ce soir.

— Polux ?

— Quand elle est née, Anouka était très faible et sa mère n'a pas voulu s'occuper d'elle. J'ai demandé à… une autre louve de le faire.

Il y eut un nouveau moment de silence et lorsque Polux entendit Tara prendre sa respiration, il la devança :

— Et toi, pourquoi es-tu seule ?

— Mes… mes parents sont morts, répondit Tara dans un souffle.

— Comment ?… osa demander Polux.

L'adolescent n'entendit rien d'autre que le vent à travers les branches. Puis :

— Je ne l'ai jamais su.

Le Rôdeur jeta un coup d'œil vers la lune et s'aperçut que des nuages étaient apparus dans le ciel, rendant l'œil de la nuit invisible.

— Bonne nuit, Tara, fit Polux en fermant les paupières.

Cette fois, l'adolescente ne dit plus un mot.

2

ATTAQUÉS

Une branche craqua. Le Rôdeur ouvrit les yeux. Il sauta sur ses pieds et regarda autour de lui, aux aguets. Croyant entendre quelqu'un respirer, il s'assura que son capuchon recouvrait bien sa tête et le haut de son visage. Si quelqu'un le reconnaissait... Il glissa la main jusqu'à sa ceinture et serra le manche de son sabre entre ses doigts. Il jeta un coup d'œil à Tara, qui avait ouvert les yeux. Il lui fit un petit geste du menton et elle se leva en ramassant son arc qu'elle avait laissé par terre. Son regard parcourait les arbres et les buissons autour d'eux. Polux jeta un œil à l'arme que tenait fermement la jeune fille. C'était un arc typique des tribus de l'Ouest : un manche de bois noir, parcouru de gravures peintes en argenté. Les flèches étaient faites de la même manière, remarqua le Rôdeur quand Tara en encocha une. Des plumes d'oiseaux avaient été attachées à son extrémité. La pointe de ces projectiles était en métal et tirés par un être de l'Ouest, c'était la mort assurée. Une nouvelle branche craqua et Polux eut la désagréable impression d'être observé. Un frisson lui remonta le long de l'échine lorsqu'il vit une ombre bouger entre deux sapins.

— Montrez-vous…, marmonna-t-il.

Un oiseau s'envola en poussant un cri strident.

— Attention ! s'écria Tara.

Elle se jeta contre Polux. Au moment où ils tombèrent au sol, une flèche faite entièrement de métal se planta dans un arbre, à hauteur d'épaule.

— Oh, merde…, fit Tara en se relevant.

Polux se remit lui aussi sur ses pieds et regarda autour de lui. Une quinzaine d'hommes les avaient encerclés. À côté du Rôdeur, Tara tenait son arc dans une main, sa flèche dans l'autre.

— Les mains sur la tête, ordonna un homme dont la peau était vert pâle.

« Royaumes de l'Est », observa Polux. Personne ne bougeait.

— Il est drôle ! lança Tara d'un ton sarcastique. Il nous tire dessus et après il nous ordonne de pas bouger !...

Elle agitait légèrement la flèche entre ses doigts. L'homme des tribus de l'Est ignora sa remarque et répéta :

— Les mains sur...

— On sait, coupa Tara. On sait...

Elle amena lentement ses mains à sa tête.

— Vous voyez ? demanda-t-elle sur le même ton. Les mains sur la tête...

Avec une habileté et une rapidité extraordinaire, elle saisit deux autres flèches dans son carquois, les encocha, visa et tira. Deux des trois flèches atteignirent le gardien qui leur avait ordonné de se rendre. L'une d'elles le toucha à l'épaule droite et l'autre alla se ficher dans le cœur. La dernière frappa un autre homme à la gorge. Les deux gardiens s'écroulèrent, morts. Tara profita de la seconde de confusion qui suivit pour attraper encore deux flèches. Polux, lui, dégaina son sabre et se jeta sur le gardien le plus proche. L'homme tenta de pointer son arc armé d'une flèche métallique sur lui, mais n'eut pas le temps d'agir. La lame du Rôdeur passa à un cheveu des doigts du garde, lui arrachant son arc des mains. Puis, avant que l'homme ne comprenne ce qui venait de se produire, Polux lui assena un violent coup à la tempe, le projetant au sol. Il se réveillerait d'ici une heure avec un affreux mal de tête et une énorme blessure à son orgueil.

— Pas assez fort pour moi…, lança Polux en haussant les épaules.

Il entendit une branche craquer un peu plus loin derrière lui. Il se retourna, prêt à frapper. Son visage changea vite d'expression lorsqu'il vit les yeux bleus et la truffe noire entre les branches du sapin. Le gardien près de lui, qui avait aperçu son air horrifié, tourna la tête vers la louve. Anouka se mit à grogner en montrant les crocs.

— Eh ! s'écria Polux.

Le gardien tourna la tête vers lui. En cinq secondes, l'adolescent avait lâché son sabre pour abattre ses paumes sur les oreilles de son adversaire, qui ne s'attendait pas à ça. Étourdi, le garde ne se défendit pas quand Polux l'attrapa par les cheveux avant de lui frapper la tête contre l'arbre le plus proche.

— Fais de beaux rêves, fit le garçon avec un sourire carnassier.

Il entendit alors un cri de douleur et se retourna pour découvrir Tara, plaquée au sol par un gardien qui lui tordait les poignets dans le dos.

— Anouka ! ordonna Polux alors que Tara poussait un nouveau cri.

La louve obéit immédiatement. Elle courut droit sur l'homme qui maltraitait l'amie de son jeune maître. En voyant l'animal arriver, le gardien écarquilla des yeux devenus aussi gros que sa bouche ouverte. Il mit ses mains devant son visage, comme si cela avait pu le protéger, mais Anouka se jeta sur lui et le mordit sous la mâchoire. Il poussa un cri de douleur et se tut pour toujours. Plus loin,

Polux aperçut un autre homme qui tirait sur la corde de son arc. Avant qu'il ne puisse s'en servir, le Rôdeur dégaina son poignard et le lança de toutes ses forces. La lame pénétra le cœur du gardien qui s'effondra, son arc tombant à ses côtés. Des branches craquèrent sur la droite. Polux se retourna en fouettant l'air avec sa lame. Bien qu'il avait prévu le coup, il ne put s'empêcher de faire la grimace pendant que la tête tombait par terre. Il s'éloigna du cadavre, légèrement écœuré, et reparti à l'assaut. Le reste du combat ne dura que quelques minutes. Tara semblait confiante et parfaitement à l'aise, son arc à la main, et Polux n'avait aucune difficulté à se débarrasser des gardiens, qui donnaient l'impression de se déplacer à la vitesse d'une tortue. De plus, Anouka était là en cas de besoin. Le Rôdeur savait donc qu'ils étaient en contrôle de la situation. Du moins, c'est ce qu'il croyait jusqu'à ce que Tara pivote vers lui, son arc armé d'une flèche. Polux sursauta en voyant la pointe arriver. L'air siffla à ses oreilles, mais la flèche ne le toucha pas.

Le garçon vit un homme tomber à ses côtés, une tige de bois lui sortant du front. Polux soupira de soulagement en comprenant que Tara venait de lui sauver la vie et non d'essayer de le tuer!... L'adolescent regarda autour de lui et vit un dernier gardien. L'homme, qui ne tenait pas d'arme, était immobile. Et il dévisageait Polux. Quand le Rôdeur remarqua Tara, qui s'était figée à quelques mètres de là et qui le regardait avec de grands yeux ronds, il comprit : son capuchon était tombé! Alors, il l'attrapa et le remit en place au moment même où Tara reprenait ses esprits et décochait une flèche au garde. Ce dernier poussa un gémissement quand le trait le frappa. Puis, les yeux toujours rivés sur Polux, il bougea les lèvres comme pour dire quelque chose. Et il tomba au sol.

— Ça va? demanda Polux à Tara.

— Ouais, répondit-elle en jetant un regard autour d'eux. Et toi?...

Polux hocha la tête, mais il avait l'esprit ailleurs. Le gardien qui avait vu son visage avait tenté de parler avant de mourir. Mais surtout, sa peau grise et ses cheveux noirs indiquaient qu'il venait des Royaumes du Nord…

– Polux ? murmura Tara. Tu es sûr que…

– Ouais, t'en fais pas…

Le Rôdeur contempla les corps autour de lui. Il vérifia leur nombre et découvrit qu'ils étaient 13. Pourtant, il avait compté 15 gardiens au début du combat. Le sang de Polux se glaça dans ses veines. « Ils ne sont pas tous là… », comprit-il. À peine s'était-il fait cette réflexion que Tara s'écriait :

– Polux !!!

Le Rôdeur hurla de douleur. Il eut le temps de jeter un coup d'œil à la flèche profondément enfoncée dans sa chair et il s'effondra…

3

LE TATOUAGE

Tara dévisageait les deux gardiens qui se tenaient devant elle. Si elle ne faisait pas quelque chose rapidement, elle et Polux allaient être tués. Et si par un quelconque miracle ils avaient la vie sauve, ils pourraient se retrouver avec de gros ennuis. À cause d'elle. C'est elle qui avait révélé la véritable identité du Rôdeur. Et qui sait pourquoi Polux tenait réellement à garder l'anonymat ? Tara elle-même avait ses raisons… L'adolescente attrapa une flèche dans son carquois et tira la corde de son arc. Le gardien le plus proche possédait une arme semblable à la sienne. L'autre homme, originaire du Nord d'après la couleur de ses cheveux, restait en arrière et n'avait même pas l'air armé. Tara fut intriguée par les coups d'œil que jetait le tireur à l'autre gardien.

Elle s'interdit toutefois d'hésiter comme semblait le faire son ennemi et lâcha la flèche. Le trait se ficha dans le crâne du gardien qui tomba à terre. Tara avait suivi la chute de l'homme et lorsqu'elle leva les yeux, le gardien aux cheveux noirs avait disparu…

— Anouka ! appela Tara. Ici !

La louve s'accroupit et se faufila sous l'énorme tronc d'arbre, tombé depuis très longtemps déjà. Tara avait découvert cette cachette lorsqu'elle avait fui un nombre incalculable de gardiens, quelques semaines plus tôt. Le tronc, haut de plus d'une dizaine de mètres à l'origine, s'était fendu sur le sens de la longueur, probablement lors de sa chute. Ainsi, une des deux parties créait une sorte de toit.

— Ça va aller…, murmura Tara.

Ces paroles s'adressaient presque plus à elle qu'à la louve. Anouka poussa un petit gémissement et s'aplatit à côté de Polux, que Tara avait traîné pendant plusieurs minutes — qui avaient semblé être des heures.

– Anouka, va faire un tour pour t'assurer que nous sommes seuls, demanda l'adolescente en pensant au gardien qui s'était enfui.

La louve obéit. Elle se glissa de nouveau entre le tronc et la terre et partit en courant.

– Je suis désolée…, souffla Tara à l'intention de Polux. J'ai pas du tout envie de faire ça.

Après avoir enlevé sa cape pour ne pas être encombrée, elle prit la bourse attachée à sa ceinture et la déposa par terre, à côté d'elle. Puis elle détacha la cape de Polux, retourna le garçon sur le ventre et observa la flèche enfoncée juste sous l'épaule gauche. La jeune fille inspira profondément et agrippa la tige de métal. Elle posa sa main libre au-dessus de la blessure et pensa : « Un, deux… trois ! » Elle se mit à tirer sur la flèche, tentant de l'extraire complètement de la chair. Elle sentit alors tous les muscles du dos de Polux se raidir. Au même moment, le Rôdeur reprit conscience et se mit à hurler de douleur. Tara serra les dents.

Elle pouvait presque voir la tête de la flèche.

— C'est bientôt fini..., dit-elle à voix basse, sachant très bien que les cris du garçon couvraient sa voix.

La pointe de la flèche s'arracha finalement et l'adolescente put sentir que Polux se détendait légèrement. Elle jeta la tige de métal par terre et commença à analyser la blessure. Elle semblait très profonde, mais heureusement pas trop large. Quand même, avec tout ce sang qui avait coulé, la jeune fille devait agir rapidement. Elle ramassa donc sa bourse et en sortit une sorte de fil très fin et une aiguille. Elle annonça au Rôdeur ce qu'elle s'apprêtait à faire. Le garçon ne sembla pas enchanté à l'idée d'avoir des points de suture... Tara approcha ses doigts de l'épaule meurtrie. Ses mains tremblaient et elle dût se concentrer pour les empêcher de bouger pendant qu'elle enfonçait lentement l'aiguille dans la peau ensanglantée. Les muscles de Polux se raidirent à nouveau pendant que Tara effectuait les premiers points. La jeune fille remarqua alors quelque chose d'inquiétant et se pencha pour examiner la plaie : le sang avait une teinte étrange, légèrement bleutée. Y aurait-il eu du poison dans la flèche ? Autre chose qui intrigua Tara : la blessure ne saignait quasiment plus, elle semblait même avoir déjà commencé à cicatriser. L'adolescente prit un morceau de tissu dans sa bourse et nettoya la plaie. Ce tissu était fabriqué avec les racines d'une plante qui devait aider à éliminer toutes traces de bactéries. Tara espérait que cela règlerait le problème de sang bleu…

— Polux ?… fit-elle d'une petite voix. Ça va ?

Comme elle n'obtenait pas de réponse, elle jeta un coup d'œil au visage du Rôdeur. Épuisé, il s'était endormi…

Tara rangea l'aiguille et le reste du fil dans sa bourse. Elle jeta ensuite un œil à l'épaule de Polux, où on pouvait apercevoir près d'une dizaine de points de suture. Elle n'en revenait pas qu'il en eût fallu autant ! Au moins, cela semblait avoir fonctionné. L'adolescente soupira et ramassa la cape du Rôdeur, roulée en boule un peu plus loin. Elle se pencha sur Polux pour la lui remettre quand elle vit quelque chose qu'elle n'avait pas remarqué jusqu'à maintenant. Polux était tatoué sur l'omoplate droite... Cela signifiait qu'il avait menti en disant qu'il avait toujours vécu ici, car les personnes qui naissaient au Royaume des Quatre n'étaient pas marquées. Tara observa le dessin plus attentivement. Il représentait une spirale traversée par une flèche. L'adolescente approcha ses doigts de la peau du Rôdeur. Où avait-elle vu un tatouage semblable?...

Polux rêvait. Il rêvait à un magnifique paysage. Une plaine verdoyante, de hautes montagnes à l'horizon et un ciel bleu où voletait du pollen, soulevé par le vent. Soudain, tout devint noir. Polux ne voyait plus rien, ne sentait plus rien. C'est alors que sa douleur à l'épaule réapparut et il se rappela de la flèche qui l'avait touché. Il sentit aussi une caresse sur son omoplate droite. Son omoplate ?... Son tatouage de tribu ! Comprenant soudain ce qui se passait, Polux ouvrit les yeux. Il leva son bras et saisi le poignet de Tara en roulant sur le dos. Seulement, il n'avait pas pensé qu'en tirant ainsi Tara sur le côté, elle lui tomberait dessus...

— Euh..., fit l'adolescente en rougissant.

— Dé... Désolé..., balbutia Polux en sentant le feu lui monter aux joues.

L'ombre d'un sourire passa sur les lèvres de Tara pendant qu'elle détournait le regard. Polux, lui, continua de fixer la jeune fille et lorsqu'elle posa de nouveau ses yeux sur lui, ils s'observèrent durant de longues secondes... Un hurlement de loup affolé brisa le silence.

— Anouka ! s'écria le Rôdeur.

Tara sursauta comme si elle s'éveillait d'un rêve. Elle se redressa, recula, saisit sa cape et lança :

— Toi, tu restes ici. Je m'en occupe.

— Hors de question, répliqua Polux. C'est de moi dont elle a besoin...

Il se redressa et prit sa cape. Sans jeter un seul regard à Tara, il enfila son vêtement et se traîna sous le tronc, quittant leur cachette.

— Quoi ? Tu es blessé, je te rappelle ! répliqua Tara en regardant les pieds du Rôdeur, la seule chose qu'elle pouvait voir.

Polux s'accroupit et regarda sous le tronc. Il sourit.

— Et alors ?

Il tira le capuchon de sa cape sur sa tête et décampa.

Lorsque Polux aperçut Anouka, elle était plaquée au sol par un homme qui tenait un bâton en métal. Le bout de l'instrument était posé sur la nuque de la louve qui avait la gueule légèrement entrouverte et le regard vide. Parfois, ses pattes étaient secouées de tremblements.

— Anouka…, laissa tomber Polux.

Les battements de son cœur s'accélérèrent, sa mâchoire se crispa et une rage froide monta en lui. Il marcha à grands pas vers l'homme, les yeux rivés sur sa gorge qu'il avait la nette intention de trancher. À un mètre de son ennemi qui ne bougeait même pas, Polux dégaina son sabre. Il leva le bras, mais se figea en entendant :

— Polux ?

Le Rôdeur comprit alors l'énorme erreur qu'il venait de commettre.

— Non ! ordonna-t-il en se retournant vers Tara. Cours ! COURS !!!

Mais il était déjà trop tard : Polux vit une silhouette sur une branche se jeter à terre et passer une corde autour du cou de l'adolescente. Tara saisit l'arme à deux mains, ouvrant la bouche pour essayer de respirer.

— Polux, c'est ça ?... fit le gardien en jetant un coup d'œil à la jeune fille.

Cette dernière ferma les yeux et serra les paupières.

— Si tu te rends, cette petite et ton loup n'auront aucun problème...

Polux hésita. Il pourrait tenter de se battre, non ? Toutefois, cela mettrait Tara et Anouka en danger... Le Rôdeur tourna la tête vers sa sœur de meute. Le gardien qui la maintenait immobile lui dédia alors un sourire carnassier et poussa violemment Anouka avec le bout du bâton de métal. La louve poussa un affreux gémissement qui fit serrer le cœur de Polux. Elle se mit à battre l'air de ses pattes et à claquer la mâchoire. Il sembla au Rôdeur qu'il avait lui aussi senti le choc électrique. Le gardien le regarda d'un air interrogateur. Polux soupira en serrant les poings. Puis, il leva son sabre et hurla de rage. Il projeta son arme de toutes ses forces contre un arbre. La lame s'enfonça dans l'écorce, tout près d'un des gardiens. Trois autres hommes firent leur apparition, sortant de derrière des buissons. Le Rôdeur baissa la tête, rageur, alors que le cercle de gardiens se resserrait autour de lui…

4

FUIR

Polux était allongé sur le dos, sur le plancher froid de la cellule où on les avait enfermés, Tara et lui. « Espèce d'imbécile ! » s'insulta-t-il pour la énième fois. Il soupira.

— Polux, je...

Le garçon tourna la tête vers Tara, assise dans un coin, les genoux repliés contre la poitrine.

— Je suis désolée...

— C'est pas ta faute, alors arrête de t'excuser...

— Mais si, c'est à cause de moi ! riposta Tara. Quand je me suis occupée de toi, j'ai envoyé Anouka surveiller alentour. Si elle était restée avec nous, ils auraient pas pu nous tendre un piège...

Polux soupira de nouveau et roula sur le côté afin d'être dos à Tara. « De toute façon, pensa-t-il, ils m'auraient tendu un piège une autre fois. Ils veulent me retrouver. Ils feront tout pour me retrouver. »

— Euh... Polux ?

Le Rôdeur ouvrit les yeux. Il n'avait pas dormi, au contraire : s'il y avait une chose dont il était pour l'instant incapable, c'était ça. Mais depuis près de trois heures, personne n'avait parlé. Et c'était Tara qui, d'une voix timide et quasi tremblante, brisait le lourd silence qui s'était installé.

— Hum ?... fit Polux.

Il était toujours allongé sur le côté, la tête appuyée sur son bras, et il ne se retourna pas pour faire face à Tara qui commençait :

— Ce tatouage...

— Je préfère pas en parler, coupa le Rôdeur.

Dans le coin de la pièce, Tara serra ses bras autour de ses genoux. Elle sentait l'inquiétude de Polux dans sa voix, mais pour quelle raison réagissait-il ainsi ?

L'adolescente fixa son ami encore quelques secondes jusqu'à ce que celui-ci se retourne et murmure :

— Excuse-moi. C'est juste... Mauvais souvenirs. Tu comprends ?

Tara hocha lentement la tête.

— Euh..., fit Polux en détournant le regard. Tu es tatouée, toi aussi ?...

En posant cette question, le Rôdeur espérait détendre l'atmosphère. Cela lui permettrait aussi d'en savoir un peu plus sur Tara, car il savait que certaines tribus, moins puissantes et moins importantes en habitants, ne faisaient pas tatouer leurs membres.

— Non..., répondit finalement Tara d'une voix hésitante.

— Ah, d'accord...

Après quelques secondes, Polux se retourna et ne produit plus un son. Plus tard, quand Tara fut certaine qu'il s'était enfin endormi, elle laissa glisser quelques larmes sur ses joues. Car au bas de son dos se trouvait un tatouage. Et elle préférait oublier sa signification...

— On se réveille là-dedans !

Polux ouvrit les yeux. Il se redressa, replaça son capuchon sur sa tête et regarda en direction de l'homme qui se tenait de l'autre côté de la porte à barreaux.

— Eh, toi ! lança le gardien en tournant la tête vers Tara.

— Elle dort, fit le Rôdeur en se levant.

Le gardien lui jeta un regard noir et ordonna :

— Réveille-la.

Polux serra les dents. Il l'étriperait bien, celui-là… Le garçon marcha jusqu'à son amie et s'agenouilla auprès d'elle. Il lui posa une main sur l'épaule pour la secouer, mais Tara ouvrit tout de suite les yeux.

— Pas la peine, murmura-t-elle en repoussant la main de Polux.

Il y eut un grincement aigu et trois hommes entrèrent dans la cellule. Les deux adolescents se relevèrent et firent face à leurs ennemis. Un homme à la peau blanche — Royaumes du Sud — ordonna à Polux de s'approcher. Bien que cela fut à contrecœur, le Rôdeur s'exécuta. Il se planta devant les trois gardiens qui le regardèrent avec haine, presque avec dégoût. Le même homme demanda à ses coéquipiers de le fouiller et Polux réprima un frisson. Il n'était pas vraiment gêné qu'on lui tâte les bras et les jambes ainsi, mais cela lui rappelait dans quel état d'impuissance il se trouvait. Au bout de plusieurs secondes, un des gardiens annonça qu'il n'avait pas d'autre arme en sa possession. « Bien sûr que non, pensa Polux, sinon je t'aurais déjà tapé dessus avec ! » Il soupira en apercevant leurs armes, à Tara et lui, posées sur une table au bout du couloir.

— Tu as quel âge ? demanda un des deux gardiens à la peau lilas.

— À quoi ça va vous servir ? répliqua le Rôdeur d'un ton sifflant.

L'homme le fusilla du regard.

— Réponds.

— Quinze ans…

— T'es pas un peu jeune pour te balader sans tes parents, comme tu le fais ?

Polux serra les poings et se mordit la langue, voulant s'empêcher de répondre quelque chose de désobligeant.

— Bon allez, reprit le gardien. Comment se nomme — ou se nommaient — tes parents ?

Le Rôdeur garda le silence.

— Quoi ? Tu as perdu ta langue ? C'est plutôt surprenant…

Polux ne réagit pas à la provocation, se contentant de serrer les dents. Finalement, il haussa les épaules en espérant que le gardien trouverait une réponse à sa question dans ce simple geste.

— Me dis pas que tu l'ignores ! s'exclama alors l'homme en éclatant de rire. Oh, c'est la meilleure, ça ! Bon, je recommence : comment se…

— Je sais pas ! le coupa Polux. Qu'est-ce que vous voulez que je vous dise ? Je me souviens de rien avant mes quatre ans…

Cet idiot de gardien venait de lui trouver le mensonge qu'il lui fallait. Il ne restait plus qu'à faire croire que c'était bel et bien la vérité.

— Ouais…, soupira le gardien, apparemment moins amusé qu'au départ. Et pas de tatouage non plus, je suppose ?

Polux secoua la tête en essayant de ne pas montrer son inquiétude. S'il fallait que tout soit gâché et qu'on découvre qu'il les menait en bateau… Il fit quand même mine de repousser sa cape pour montrer son omoplate nue.

— Ça va, ça va…, soupira le gardien en agitant la main.

Le Rôdeur replaça sa cape afin qu'elle cache entièrement son dos et ses épaules. « Imbécile », pensa-t-il en regardant les trois gardiens se retourner vers Tara. Il ne put toutefois s'empêcher de soupirer de soulagement.

— À ton tour, ma mignonne…

Deux des gardiens se dirigèrent vers la jeune fille et l'un d'eux approcha ses mains de la ceinture de Tara. Lorsque l'adolescente voulut le repousser, l'autre homme lui attrapa les bras et les lui tordit derrière le dos. Tara poussa un petit cri de douleur.

— Eh ! s'exclama Polux en s'approchant.

Le troisième gardien lui jeta un regard mauvais en disant :

— Te mêle pas de ça.

Le Rôdeur se renfrogna en regardant l'homme à la peau blanche se saisir de la ceinture de son amie. Il détacha la bourse qui y était fixée et plongea la main à l'intérieur. Il en ressortit un morceau de tissu noir et demanda :

— Qu'est-ce que c'est ?

— À ton avis ? répliqua Tara en se débattant. T'es trop crétin pour…

— La ferme !!!

L'homme la gifla. Cette fois, Polux fit un pas en avant, empoigna le gardien par l'épaule, le retourna et lui assena un coup de poing en plein milieu du visage.

— Je t'interdis de la toucher, siffla-t-il en le regardant tituber.

— Comment oses-tu ?! fit alors une voix dans son dos.

Polux se retourna et reçut un coup sur la mâchoire d'une telle puissance qu'il recula de plusieurs pas et faillit tomber à la renverse. Lorsque le décor cessa de tourner autour de lui, il s'aperçut que son capuchon était tombé. Il se dépêcha à le remettre en place. Heureusement, à part son agresseur qui lui jeta un regard assassin, les gardiens ne semblaient pas trop se préoccuper de lui pour le moment.

– Alors ? interrogea l'homme qui tenait les bras de Tara. Tu as un tatouage ?

– Non, répondit Polux avant que l'adolescente n'ait pu ouvrir la bouche.

Cependant, les gardiens ne lui prêtèrent pas attention, car l'homme répéta sa question. Au bout de quelques secondes de silence, Tara secoua lentement la tête. Polux remarqua qu'elle ne regardait pas les gardiens en face. L'homme à la peau blanche ne sembla pas convaincu et demanda qu'on lui enlève sa cape.

– Non, mais ça va pas ! s'écria Tara en essayant de repousser le gardien.

L'homme lui saisit les bras pour l'immobiliser pendant qu'un autre tentait de lui retirer sa cape. Polux fit un pas en avant pour aller aider la jeune fille, mais l'autre gardien l'attrapa par l'épaule gauche, le frappant là où Tara lui avait fait des points de suture. Le Rôdeur hurla de douleur et serra les dents. Il se calma, le gardien gardant une main sur son épaule et l'autre lui tenant maintenant un bras. Tara, pour sa part, n'avait pas cessé de se débattre. Les hommes réussirent toutefois à détacher sa cape, qui glissa jusqu'au sol. Tout à coup, le gardien qui se trouvait derrière l'adolescente blêmit. Il lâcha Tara et recula de plusieurs pas en bafouillant :

— Elle… Elle… Tribu des Tueurs !!!

Polux fut soudain libéré, mais le gardien s'empara de son arc, attaché à son dos. Il prit aussi une flèche et la pointa sur Tara, comme le firent ses deux compagnons. Un courant d'air glacé parcourut alors la pièce, mais c'était plus l'atmosphère que la température qui fit frissonner le Rôdeur. Il se passait quelque chose d'étrange et Polux comprit de quoi il s'agissait en voyant le visage de Tara : les pupilles de la jeune fille s'étaient allongées et amincies pour former deux lignes verticales. Le Rôdeur ne réagit pas lorsque son amie se retourna brusquement vers le gardien derrière elle et lui assena un violent coup de pied au visage, l'assommant complètement. Il ne bougea pas non plus quand il vit les deux autres hommes tirer ou Tara se jeter à terre pour éviter les traits mortels. Et c'est à peine s'il regarda les gardiens s'écrouler après que la jeune fille les eût foudroyés du regard. Tout ce dont Polux avait conscience pour l'instant, c'était que la colère envahissait lentement son être.

— Comment est-ce que tu as fait ça ? siffla-t-il.

Il avait les dents et les poings serrés et son cœur battait si fort dans sa poitrine qu'il avait l'impression que ses côtes allaient céder. Mais par-dessus tout, il tremblait. De tout son corps. Il tremblait de colère, de déception, de peine et de peur. Il craignait que Tara lui donne la réponse à sa question. Ses doutes furent confirmés lorsque l'adolescente baissa les yeux sans dire un mot. Elle tourna le dos au Rôdeur pour reprendre ses vêtements et Polux vit le tatouage : une épée au manche décoré d'une plume d'oiseau.

— Tu m'as menti.

Tara se releva lentement, sa cape et sa ceinture à la main. Elle les enfila et se retourna. Polux aperçut ses pupilles redevenues rondes et ses joues ruisselantes de larmes.

— Polux, je…

— Tu m'as menti.

Il lui tourna le dos et s'en alla par la porte que les gardiens avaient laissée entrouverte.

Quelques heures plus tard, Polux était assis à côté d'Anouka, qui avait été relâchée après que Tara et lui eussent été capturés. Après s'être enfui et avoir récupéré ses armes, le Rôdeur était venu s'installer au pied d'un arbre pour réfléchir. Anouka avait tout de suite senti sa présence et était venue le rejoindre en moins de deux. Depuis son arrivée, Polux était resté silencieux et lui flattait la tête, entre les oreilles. La jeune louve n'avait pas osé montrer son inquiétude à son jeune maître, devinant à son air pensif qu'il n'avait pas envie de parler. Mais finalement, sentant la colère et la tristesse de Polux comme s'il s'était agi de la sienne, Anouka émit un petit gémissement suivi d'un jappement en levant le museau vers son frère. Au bout de quelques secondes de silence, le Rôdeur murmura :

— Elle m'a menti. Tu te rends compte ? Elle m'a menti parce qu'elle a honte de venir de la tribu des Tueurs… Elle a même pas idée de ce que moi j'ai pu endurer…

Anouka s'ébroua. Elle donna quelques coups de langue à la main de Polux, lui montrant sa compassion, mais aussi son désaccord.

— Je sais bien qu'elle m'a sauvé la vie, Anouka. Mais ça veut pas dire qu'elle a eu raison de me mentir…

Une branche craqua et Polux soupira.

— Qu'est-ce que tu veux ? lança-t-il.

— Simplement te parler…, répondit Tara.

Sa voix tremblait beaucoup, tellement que Polux sentit son cœur se serrer.

– Dommage, fit-il tout de même. Parce que moi, j'en ai pas envie…

Il tourna la tête vers l'adolescente qui marchait timidement vers lui, les joues baignées de larmes.

– Écoute, Polux… J'ai pas… Je veux…

– Pourquoi ? demanda alors le Rôdeur en se levant.

Il se dirigea vers Tara à grands pas et ne s'arrêta que lorsque son visage fut à 30 centimètres de celui de la jeune fille.

– Pourquoi est-ce que tu m'as menti ?

– Parce que je… j'avais pas… j'avais peur de ce que tu pourrais penser de moi…

– T'avais aucune raison, siffla Polux en croisant les bras.

Il planta son regard dans celui, vitreux, de Tara. Pendant une seconde, il revit ses yeux aux pupilles allongées.

— Et maintenant, qu'est-ce que tu vas me faire ? cracha encore le Rôdeur. Me tuer grâce à tes pouvoirs ?

— Je ne ferais jamais ça..., souffla Tara en secouant la tête.

— Non... Tu préfères continuer à me mentir parce que ça fait plus mal.

— Mais qu'est-ce que tu voulais que je fasse ? s'exclama Tara dont le corps était secoué de sanglots. Te dire toute la vérité ?...

— Oui.

La voix du Rôdeur était sèche. Il était en colère, furieux même, et il n'était pas du genre à se gêner pour le montrer.

— Mais Polux... La tribu des Tueurs...

— Je me fiche complètement que tu sois une Tueuse ! Je veux juste savoir POURQUOI TU M'AS MENTI ?

Tara hésita un instant avant de murmurer :

— Tu ne sais pas ce que ça fait que d'être différent...

Polux sentit son cœur s'arrêter. Avait-il bien entendu ?… Il décroisa les bras et fit un pas en avant.

— Je ne sais pas ce que ça fait que d'être différent ?… Moi, je ne sais pas…

Il serra les dents en sentant ses yeux s'emplir de larmes.

— Dis-moi, fit-il en regardant Tara droit dans les yeux. Est-ce que tu sais tout ce que j'ai pu endurer jusqu'à maintenant ? Non, tu ne sais pas. Est-ce que ceux qui savent que tu es en vie savent qui tu es réellement ? Et est-ce que ceux qui savent qui tu es réellement savent que tu es toujours en vie ?…

De nouvelles larmes coulèrent sur les joues de Tara quand Polux cracha :

— Non, tu as raison. Je ne sais pas ce que ça fait que d'être différent.

Et il s'en alla.

5

Les Fugitifs

Les Royaumes du Nord se situent dans les régions les plus froides de la planète. Là-bas, on trouve la tribu des Chasseurs ainsi que la tribu des Spectres. Mais la plus connue de toutes, c'est la tribu des Fugitifs. Malgré son emplacement très isolé et loin de toutes autres habitations, on reconnaît les êtres qui appartiennent à cette tribu par leurs armes, leur façon de parler et leur tatouage. Les habitations des Fugitifs sont entourées de montagnes de glace enneigée. Située à plusieurs semaines de marche de la tribu la plus proche, l'emplacement de la tribu des Fugitifs n'a jamais été trouvé par qui que ce soit et les intrus qui y parviennent sont abattus sur-le-champ. Il arrive que des hommes de la tribu soient envoyés au Royaume des Quatre en mission d'espionnage. Ils sont les seuls à parvenir à la tribu en vie. L'un de ces hommes, âgé de 20 ans seulement, revenait aujourd'hui chez les Fugitifs. Il était vêtu d'un pantalon en peau de bête dont le cuir était blanc et d'une cape noire à capuchon. Rien d'autre. Ses pieds nus s'enfonçaient légèrement dans la neige lorsqu'il passa les grandes portes de la palissade de bois. Ses yeux noirs balayèrent la dizaine de curieux qui l'observaient, bouche bée. L'admiration se lisait dans le regard des plus jeunes. L'homme passa devant eux avec un sourire en coin. Un peu plus loin, il pouvait voir une jeune femme courir dans sa direction. Ses cheveux noirs flottaient au vent derrière elle et son pantalon noir ainsi que son blouson blanc rendaient sa silhouette encore plus envoûtante qu'à l'ordinaire.

— Déjà revenu ? lança-t-elle avant de se jeter dans les bras de l'homme.

Ce dernier serra sa femme contre lui avant de murmurer :

— Salut mon ange…

— Salut Castor…

La femme déposa un baiser sur les lèvres de son mari.

— Cassie s'est beaucoup ennuyée de toi…, dit-elle.

— Je sais, Nola, je sais, répondit Castor en desserrant son étreinte. Où est-elle ?

Nola tourna la tête vers une petite fille âgée de près de quatre ans qui jouait dans la neige, un peu plus loin.

— Cassie ! appela Nola.

La petite fille leva la tête. En apercevant Castor, elle sauta sur ses pieds et se mit à courir en criant joyeusement :

— Papa !

Castor s'accroupit et attrapa sa fille qui s'était lancée dans ses bras. Il l'embrassa sur le front et demanda :

— Comment vas-tu, ma puce ?

— Bien ! Je suis contente de te voir !

Castor sourit et se releva. Il remit Cassie à Nola et annonça :

— Je dois aller voir le chef.

— Qu'est-ce que tu as appris ? demanda sa femme en fronçant les sourcils.

— Des choses très intéressantes...

Castor se remémora ce qu'il avait vu et entendu lors de sa mission. Tout d'abord, ces deux enfants qu'il ne connaissait pas. La fille, tribus de l'Ouest à l'évidence, qui maniait l'arc avec une agilité troublante. Et le garçon. Au début, Castor ne l'avait pas reconnu puisqu'il portait une cape dont il gardait le capuchon rabattu sur la tête. Mais à un moment, la fille du nom de Tara — d'après ce qu'il avait entendu — avait appelé le garçon « Polux ». Castor avait alors refusé d'y croire. Puis, le capuchon de la cape de Polux était retombé sur ses épaules. Et c'est là qu'il l'avait reconnu.

— Oui ? fit le chef en voyant Castor. Qu'as-tu à me dire ?

Castor croisa les bras sur sa poitrine et annonça :

— Mon petit frère est toujours en vie.

6

AU DÉSESPOIR

Si quelqu'un pouvait être à deux endroits à la fois, il pourrait voir Polux et Tara pleurer en même temps. Et si cette personne pouvait lire les pensées de quelqu'un, elle s'apercevrait qu'ils regrettaient tous les deux ce qu'ils ont dit et fait. Et si elle pouvait ressentir exactement ce que tous les deux ressentaient, elle ne survivrait même pas.

Anouka lécha la larme qui coulait sur la joue de Polux et observa son frère de ses grands yeux tristes. Elle avait tout fait pour l'empêcher de penser à ÇA. Elle gémissait, hurlait de peine et lui donnait des coups de museau sous le menton. Mais il n'y avait rien à faire. Son Polux voulait mourir.

Tara pleurait. Elle pleurait si fort qu'elle en avait du mal à respirer. Tout était confus dans sa tête. Elle ne comprenait plus pourquoi elle avait menti à Polux. Après tout, ne lui avait-il pas fait confiance ?

— Est-ce qu'il me pardonnera un jour ?... pensa la jeune fille à voix haute. Me reparlera-t-il seulement ?...

Elle fut secouée de nouveaux sanglots. Parce qu'au fond, elle savait bien que les chances étaient minces pour que Polux veuille un jour la revoir.

Polux releva la tête et regarda Anouka, la vue brouillée par les larmes. En découvrant qu'il la fixait, la louve se mit à agiter les oreilles en gémissant, comme elle le faisait depuis tout à l'heure.

— Fous-moi la paix, soupira Polux en tentant de retenir une nouvelle vague de larmes.

À ces mots, Anouka devint silencieuse. Elle plaqua ses oreilles sur sa tête et rampa vers son frère de meute. Lorsqu'elle posa sa tête sur les genoux du garçon, il la repoussa d'une main et referma les yeux. « Je voudrais mourir... », pensa-t-il. Ses pensées tourbillonnaient dans sa tête. Il avait l'impression de revivre toute sa vie en l'espace de quelques minutes. Tout ce qui lui avait fait le plus mal jusqu'à maintenant remontait à la surface et ça en devenait insupportable. Le Rôdeur ouvrit lentement les yeux. Accroupie devant lui, Anouka le dévisageait. Elle redoutait tellement que Polux la rabroue de nouveau qu'elle ne bougeait plus d'un poil. Le seul mouvement perceptible provenait des brins d'herbe qui s'écrasaient sous le souffle de sa respiration. L'adolescent cligna des yeux en inspirant profondément. Il tourna alors la tête vers les points de sutures à son épaule gauche. Au bout de quelques secondes, il glissa la main jusqu'à sa ceinture et dégaina son poignard. Son regard effleura de nouveau sa blessure et il approcha lentement la pointe de la lame des fils qui traversaient sa peau. Anouka cessa soudain de se tenir tranquille et se mit à gémir en agitant les oreilles et en grattant le sol de ses pattes. Mais Polux ne se préoccupait plus d'elle. Alors, elle se redressa et s'enfuit en courant.

La main tremblante, Polux coupa le dernier point. Le sang lui coulait sur tout le corps, mais c'était ce qu'il voulait. Le poignard lui glissa des mains et tomba dans les feuilles à côté de lui. Lorsque, à bout de force, il s'écroula, le Rôdeur se dit qu'avec un peu de chance la plaie n'allait pas se refermer et que tout serait définitivement terminé. Ses yeux se fermèrent et il sombra dans les ténèbres. Seulement, il ne pouvait même pas imaginer tout ce que ce geste allait provoquer…

7

RECHERCHÉ

– QUOI ?!

La voix du chef résonna dans toute la salle.

– Oui, chef…, souffla Castor en mettant un genou à terre et en baissant la tête. Polux est toujours en vie et même en parfaite santé…

Le chef, un dénommé Zeck, se leva de sa chaise et se mit à faire les cent pas.

– Cela veut dire que Félix ne l'a pas étouffé lorsqu'il était bébé comme je le lui avais ordonné…

L'homme s'immobilisa soudain. Il porta une main à son visage taillé au couteau et se gratta le menton, ses sourcils grisonnant froncés.

– Quel âge a-t-il aujourd'hui ?

Castor releva la tête.

– Polux ? Quinze ans, il me semble.

Le visage de Zeck s'illumina.

— Bien, nous n'aurons donc besoin que de deux ou trois hommes pour s'occuper de lui.

— Je dirais une unité complète, chef…

Zeck tourna la tête vers le jeune homme. Il jeta un regard noir à ce dernier en répliquant :

— Une unité complète ?… Te rends-tu compte de ce que tu dis, Castor ? Une unité comprend près d'une trentaine d'hommes…

Castor se releva et planta son regard dans celui de son chef.

— Je sais, mais nous étions une quinzaine à l'avoir attaqué, les gardiens et moi. Il était accompagné d'une fille des Royaumes de l'Ouest et d'une louve.

— Quel est le rapport ?

— Tous les gardiens ont été tués.

Zeck resta silencieux un instant, l'air pensif. Il recommença à tourner en rond, mais s'arrêta au bout de quelques secondes. Les yeux rivés à un point invisible quelque part au plafond, il lança :

— Mais les hommes du Royaume des Quatre sont beaucoup moins entraînés que ceux de notre tribu… J'enverrai 15 hommes.

— Vous courez à votre perte, trancha Castor.

Le jeune homme soupira et croisa les bras sur sa poitrine lorsque Zeck tourna la tête vers lui. Le chef l'observa attentivement de ses yeux noirs. Finalement, un large sourire se dessina sur ses lèvres.

— Castor…, fit-il avec un léger air admiratif. Est-ce que ton frère te ressemble ?

Les yeux de Castor s'agrandirent.

— Quoi ? On dirait un fils du Sud !

— Ah, je le sais !… Je veux savoir s'il a ton caractère. Car tu vois, tu n'as que 20 ans et tu me tiens tête. Peu de gens ont ton culot…

L'ombre d'un sourire passa sur les lèvres de Castor avant qu'il ne réponde :

— Eh bien, disons qu'on a la même rage au combat. Et le besoin de protéger ceux qu'on aime…

— La louve ?... demanda Zeck en haussant les sourcils. Elle constituerait donc un point faible...

— La fille aussi. Polux a l'air de beaucoup tenir à elle.

Zeck jeta un regard entendu à Castor.

— Alors, il nous suffirait de les avoir séparément...

— ...et Polux n'aurait d'autre choix que de se rendre.

Le chef sourit.

— Et pour Félix ?... interrogea alors Castor.

Le visage de Zeck s'assombrit.

— C'est tout de même ton père..., marmonna-t-il.

— Je ne l'ai jamais considéré comme tel. C'est un traître et rien d'autre.

— Alors, décida Zeck, il aura droit au châtiment des traîtres. Il sera envoyé à la Cité des morts...

À ces mots, Castor frissonna. Son père aurait ce qu'il méritait, mais entendre parler de ce lieu maudit était toujours effrayant.

– On n'a jamais vu un homme résister à des températures frôlant les 300 degrés sous zéro…, lança Zeck avec un sourire carnassier. Ton père ne fera pas exception.

Castor s'inclina et tourna les talons. Quand ses doigts se refermèrent sur la poignée de la porte, Zeck l'appela :

– Castor ?…

– Oui ?

– Prépare une unité aérienne complète et allez rendre visite à Polux…

Castor sourit et quitta la salle. Quelques minutes plus tard, Zeck pensa à haute voix :

– Le prince oublié doit mourir…

8

Origines d'une jeune fugitive

Anouka courait le plus rapidement possible. Le museau en l'air et le cœur battant si fort qu'il pourrait lui briser les côtes, elle cherchait désespérément Tara. Mais contrairement à son habitude, la louve n'arrivait pas à détecter l'odeur de l'adolescente. Elle avait besoin de se concentrer, alors que c'était tout ce dont elle était réellement incapable pour l'instant. Elle mettait toute son énergie à courir, car elle savait que chaque seconde de plus qu'elle mettait à chercher Tara était une seconde de trop. Anouka sauta par-dessus un tronc d'arbre recouvert de mousse. Lorsque ses pattes touchèrent de nouveau le sol, elle entendit un bruit qui, pour un loup, ressemble à des gémissements-jappements. Aussitôt, la louve bifurqua vers la droite. Elle avait saisi l'odeur de Tara.

L'adolescente serra ses bras autour de ses genoux. Depuis un moment, elle se sentait mal et avait la nausée. Elle avait un mauvais pressentiment. Il y avait aussi cette désagréable impression d'être observée... Tara entendit des bruits derrière elle. Elle tourna la tête et tenta de discerner quelque chose dans l'ombre des branchages. Cependant, elle ne vit rien et les battements de son cœur s'accélérèrent lorsqu'elle s'aperçut que les bruits s'approchaient. Quelque chose venait droit sur elle ! La jeune fille recula en se traînant, toujours assise dans l'herbe. C'est à ce moment qu'Anouka surgit, épuisée et haletante. La louve passa devant Tara, dérapa sur environ un mètre et pivota vers la jeune fille. Elle se mit alors à agiter les oreilles et à sautiller en aboyant.

— Qu'est-ce que tu veux, Anouka ? fit Tara en essuyant une larme sur sa joue.

La louve blanche se mit à gémir. Devant elle, l'adolescente ne comprenait pas. Elle pouvait toutefois essayer de mettre quelque chose au clair.

— Si ç'a un rapport avec Polux, tu perds ton temps.

À la grande surprise de Tara qui sursauta, Anouka sembla comprendre ce qu'elle disait. La réaction de la louve fut immédiate : elle se mit à gronder et à fouetter l'air de sa queue. Après quelques secondes, l'animal s'approcha de Tara et referma ses crocs sur la cape de l'adolescente. Cette dernière protesta fermement en essayant de retirer son vêtement de la gueule de la louve qui semblait pourtant décidée à tenir prise. Finalement, comme Anouka gémissait, grognait et tirait sur la cape comme si elle avait voulu traîner Tara, la jeune fille se leva.

— Ça va, je te suis…

La louve lâcha soudain prise et fila à toute vitesse vers l'endroit d'où elle était venue. Mais cette fois, elle avait ce qu'elle voulait.

Anouka ralentit lorsqu'elle vit le corps de Polux. Elle s'approcha en gémissant, la queue entre les pattes et les oreilles rabattues vers l'arrière. Doucement, elle enfouit sa truffe dans le cou chaud de son frère de meute. Ce dernier ne réagit pas, au grand désespoir de la louve. Elle aurait tout donné, en cet instant, pour que Polux la rabroue et la repousse d'une main comme il le faisait si souvent lorsqu'elle le réveillait de sa sieste ! Mais l'adolescent ne bougeait pas et la louve n'était même pas sûre de discerner un mouvement régulier au niveau de sa poitrine. Et la peau normalement si pâle du Rôdeur était maintenant recouverte de sang. Anouka poussa un long gémissement et attendit longtemps que son frère lui réponde et la rassure. Mais ce qu'elle espérait ne vint pas. La louve tourna alors la tête vers les buissons derrière elle et dressa les oreilles en entendant la respiration saccadée de Tara qui arrivait. L'adolescente se figea en apercevant le Rôdeur.

— Polux…, souffla-t-elle.

Elle parcourut les derniers mètres qui la séparaient du corps et s'agenouilla. En découvrant la plaie ouverte à l'épaule gauche, elle sentit son cœur faire un bon dans sa poitrine. Mais elle se calma aussitôt en remarquant que le sang avait déjà commencé à coaguler et, bien que cela n'était pas normal, cela la rassura.

— Ça va aller, Anouka... Ça va aller.

Tara baissa les yeux vers sa bourse. Après une seconde d'hésitation, elle en sortit du fil et une aiguille. Il valait mieux ne pas prendre de risque. Pendant qu'elle détachait la cape du Rôdeur, Tara essaya de retenir une nouvelle crise de larmes. Tout ça, c'était de sa faute.

Polux ouvrit les yeux. Il se sentait mal. Et il avait froid. Il s'aida de ses mains pour se redresser et sa tête protesta violemment. Pendant quelques secondes, tout devint flou autour de lui et il crut qu'il allait s'évanouir de nouveau. Mais le paysage finit par se remettre en place et le Rôdeur aperçut sa cape roulée en boule, un peu plus loin. Il tendit la main et referma ses doigts sur un pan de tissu. Pendant qu'il se redressait et s'assoyait, un animal poussa de petits gémissements, sur sa droite. Polux ferma les yeux quelques instants afin de résister au nouveau tourbillonnement des arbres autour de lui. Finalement, sans se retourner, l'adolescent fit un geste dans la direction d'où provenaient les gémissements.

— Anouka... Viens ma belle...

Moins d'une seconde plus tard, le Rôdeur se retrouvait sous une avalanche de coups de langue et de museau. Polux s'empressa de rassurer sa sœur de meute en lui caressant le cou et les flancs.

— Polux...

L'adolescent serra les dents. Après avoir inspiré et expiré profondément, il se retourna vers Tara. Elle avait les joues mouillées par les larmes et sa cape cachait tout son corps, à l'exception de sa tête et de ses pieds. Elle semblait perdue et Polux s'en fit le coupable.

— Pourquoi tu m'as sauvé ?... fit l'adolescent d'une voix sourde.

Tara ferma les yeux et serra les paupières avant de répondre :

— Qu'est-ce que tu voulais que je fasse d'autre ? Et puis je veux pas… J'ai l'impression que… ce serait trop dur…

Polux se mordit la lèvre. Il murmura :

— J'en avais pas envie.

Tara rouvrit les yeux et dévisagea Polux :

— Alors… Pourquoi tu as fait ça ?

— Parce que c'est ce que je mérite. Beaucoup de gens seraient mieux sans moi. Ça leur ferait plaisir d'apprendre que je suis mort…

Le Rôdeur soupira et posa sa main sur la tête d'Anouka. La louve agita les oreilles et poussa une sorte de grondement. Polux déglutit avant de poursuivre :

— C'est moi le pire dans tout ça. Je te l'ai dit, je suis plus différent que tout ce que tu peux imaginer. Et pourtant, l'idée que tu puisses me mentir m'a mis dans tous mes états. J'aurais dû accepter que tu veuilles pas tout me dire. Après tout, on se connaît pas depuis si longtemps.

Tara s'approcha alors de Polux et s'accroupit devant lui.

— Et pourtant j'ai l'impression de te connaître depuis toujours, assura-t-elle à voix basse.

Elle se redressa et entreprit de détacher sa cape en disant :

— Je vais tout t'expliquer.

Sa cape tomba à ses pieds, dévoilant une veste dont on avait coupé les manches et un pantalon ajusté. Une partie du ventre de l'adolescente était visible et lorsqu'elle tourna le dos au Rôdeur, celui-ci put distinguer le bas de son tatouage. Tara releva sa veste afin de révéler entièrement le dessin. Pendant que Polux observait l'épée au manche décoré d'une plume, l'adolescente expliqua :

— Pour être admis dans la tribu des Tueurs, il faut tuer un innocent à mains nues et de sang froid. Tu penses peut-être que c'est pas si terrible que ça.

La jeune fille replaça sa veste et se retourna face à Polux. Elle s'accroupit et planta son regard violet dans celui, rouge sang, du Rôdeur.

— Mais la question n'est pas comment ou pourquoi j'ai tué. C'est qui j'ai tué.

Il y eut une seconde de silence avant que Tara ne se décide à avouer :

— Moi, j'ai tué mes parents.

Polux ne dit rien, ne fit rien. Il se contentait d'écouter tout ce que lui disait la jeune fille.

— Et j'ai été tatouée. J'étais fière de l'être, de faire partie des Tueurs, tu sais. Mais un jour, j'ai pris conscience de ce que j'avais fait et ce que j'étais toujours en train de faire. Je vivais dans la violence, le sang et la souffrance. J'étais devenue une Tueuse, une vraie.

Une mèche de cheveux tomba devant ses yeux. Elle ne s'en préoccupa pas et reprit :

— J'ai alors fait ce que jamais un Tueur ne doit oser faire… Je me suis enfuie.

Le Rôdeur regardait intensément la fille de l'Ouest qui se tenait devant lui. Il s'en voulait énormément de s'en être pris à elle comme il l'avait fait. Il aurait aimé le lui dire, s'expliquer à son tour, mais Tara devait tout d'abord finir son récit.

– Depuis un an, je voyage et je cherche quelqu'un qui voudrait bien de moi malgré tout ce que j'ai fait. Il n'y avait personne, jusqu'à ce que je te rencontre. Tu m'as semblé tellement gentil… un peu agaçant, mais tellement gentil !… J'ai cru avoir trouvé ce que je cherchais et… j'ai pas osé te révéler d'où je venais, de peur que tu me repousses. Et puis… il y avait aussi cette vieille superstition…

– Quelle superstition ?… ne put s'empêcher de demander Polux à voix basse.

Tara eut un petit rire gêné et détourna le regard.

– Eh bien… Celle qui dit que… qu'on ne voit son reflet que… que dans les yeux de son… son âme sœur…

Le Rôdeur s'aperçut que la Tueuse avait rougi. D'ailleurs, il sentit lui aussi le feu lui monter aux joues. Il approcha alors ses doigts du visage de la jeune fille et replaça ses longs cheveux violets derrière son oreille pointue.

– Et c'est vrai ?... chuchota Polux alors que Tara replongeait son regard dans le sien. Parce que moi, je vois mon reflet dans tes yeux…

– Oh ! Ce que c'est mignon… !

Les adolescents tournèrent brusquement la tête vers l'homme qui avait prononcé ces mots.

– Alors, Polux ? lança Castor avec un large sourire. On se souvient de son grand frère ?

9

Castor et Polux

Sans une seconde d'hésitation, Polux se releva en dégainant son sabre. Et bien que le paysage s'embrouilla durant un court moment, il ne vacilla pas en marchant vers son frère, la pointe de son arme braquée sur ce dernier.

— Oh, j'éviterais de me battre si j'étais toi…, fit alors Castor en croisant les bras.

Du menton, il désigna quelque chose derrière Polux. Le Rôdeur tourna la tête, sans toutefois abaisser son sabre. Il se figea en découvrant un homme, vêtu de la même manière que Castor, qui menaçait Anouka d'un bâton métallique, comme l'avaient déjà fait les gardiens. La louve, sachant très bien ce qui l'attendait si elle ne se tenait pas tranquille, n'osait pas bouger.

— Quoi ? Me dis pas que t'avais rien remarqué !… s'exclama Castor en riant. Trop absorbé par les beaux yeux de ta demoiselle ? Tu serais pas amoureux, Polux ?

Le Rôdeur reporta son attention sur son frère.

— Et alors ? siffla-t-il en dévisageant l'homme qui souriait toujours. Tu sais sûrement pas ce que c'est…

C'est vrai, comment un homme aussi cruel et abject que Castor pouvait-il seulement aimer ou être aimé ? Mais le jeune homme éclata de rire et planta son regard dans celui de son petit frère. Polux sentit une rage froide l'envahir et il cracha :

— T'es qu'un sale…

— Un sale quoi ? Fils manqué des tribus du Sud ? Ah, non !… C'est toi, ça…

Les doigts du Rôdeur se serrèrent autour du manche de son sabre. Si seulement il avait pu lui trancher la gorge, à ce salopard !… Mais il y avait Anouka. Et Tara. Il ne pouvait pas se permettre de mettre ainsi leur vie en danger. Il réglerait son compte à Castor. Une autre fois.

— Bien, fit Castor en voyant Polux rengainer son sabre. Tu as donc le bon sens de ton frère…

Le Rôdeur serra les dents, s'obligeant à garder ses répliques sanglantes pour lui-même.

— Allez, les gars ! lança Castor en tournant les talons et en faisant un geste de la main vers les adolescents. Embarquez-moi ces deux-là !

Alors que les Fugitifs s'occupaient de leurs nouveaux prisonniers, Castor se mit à rire.

— Fils manqué des tribus du Sud. Vous parlez d'un prince !…

Après que Polux et Tara eussent été faits prisonniers, ils avaient été embarqués dans un engin volant métallique et enfermés dans une pièce sombre, minuscule et glaciale. Le voyage vers les Royaumes du Nord avait duré plusieurs heures, durant lesquelles personne n'avait prononcé un seul mot. Au bout d'une ou deux heures passées dans un endroit si étroit qu'on devait s'y tenir recroquevillé, Tara s'était endormie, épuisée par les derniers évènements, mais aussi à cause du froid grandissant qui lui soustrayait beaucoup d'énergie. En s'apercevant de son état de sommeil, Polux avait retiré sa cape et en avait recouvert son amie. Étant incapable de fermer l'œil, il s'était alors retrouvé à errer quelque part entre le rêve et la réalité, perdu dans ses pensées. Le dos appuyé contre le métal froid, les jambes repliées contre le corps et les dents serrées, le Rôdeur était habité d'une haine aussi froide que l'air qui pénétrait sa prison volante. Après toutes ces années passées à se cacher, il avait été retrouvé. Et pas par n'importe qui, non ! Par son frère qu'il méprisait et qui le méprisait plus que tout au monde. Polux n'avait quasiment aucun souvenir de Castor lorsqu'ils vivaient ensemble, mais il le connaissait de réputation : âgé de 20 ans seulement, Castor était un combattant hors pair et un dirigeant des plus respectés et admirés. Après tout, n'était-il pas le chef des armées des Fugitifs et l'héritier du trône ? Ces simples pensées étaient venues renforcer le sentiment de dégoût qu'éprouvait Polux pour son frère. Mais ce qui avait probablement le plus dérangé l'adolescent lorsqu'il avait reconnu le Fugitif, c'était à quel point ils se ressemblaient physiquement. Bien que Polux ait hérité de l'apparence des habitants du Sud et Castor, de ceux du Nord, leur silhouette restait très semblable. Bien sûr, l'aîné était un peu plus musclé, mais tous deux étaient grands et minces avec des épaules assez larges. Le plus similaire restait toutefois au niveau du visage : en oubliant la mâchoire un peu plus carrée de Castor et le nez légèrement retroussé de Polux, la forme et les traits du visage se ressemblaient comme deux gouttes d'eau ! Cela avait tellement découragé le Rôdeur qu'il s'était forcé à penser à autre chose, en vain. Son supplice s'était cependant avéré de courte durée car, ayant remarqué un changement de température et senti plusieurs secousses, le Rôdeur avait deviné qu'ils étaient arrivés à destination : la tribu des Fugitifs…

La machine volante s'était posée à une certaine distance des murs du village. De cet endroit, il était impossible de distinguer autre chose que de la neige et, parfois, de petites touffes d'arbres. Les Fugitifs et leurs prisonniers s'étaient alors mis en route. Une heure plus tard, Polux s'obligea à détacher son regard de ses pieds et leva la tête. Il aperçut une ombre à l'horizon. Peut-être arriveraient-ils bientôt à destination ? Le Rôdeur baissa les yeux vers Tara, qui marchait devant lui. L'adolescente était escortée par deux hommes. L'un d'eux ouvrait la marche et l'autre restait derrière. Parfois, quand la Tueuse ralentissait le pas, il la poussait du bout de son bâton métallique. C'est ce qui arriva pour une énième fois et Tara ne put retenir un petit cri de douleur. La jeune fille chancela et, ne pouvant retrouver son équilibre avec ses mains attachées dans le dos, elle s'écroula.

— Relève-toi, ordonna sèchement un des hommes.

Tara resta étendue par terre, le visage à moitié enfoui dans la neige et le corps secoué de tremblements. L'homme se pencha alors sur elle et empoigna la corde qui lui serrait les poignets. Il se redressa en tirant sur les liens, obligeant la Tueuse à s'agenouiller.

— Relève-toi !

— Vous voyez pas qu'elle est gelée ! s'écria soudain Polux.

Le Fugitif tourna la tête vers lui et le fusilla du regard.

— Elle est pas faite pour supporter ça ! renchérit le Rôdeur en désignant du regard le désert de neige qui les entourait.

L'homme grogna quelque chose d'inaudible, mais aida tout de même Tara à se remettre debout. Ils se remirent immédiatement en marche. Discrètement, Polux se rapprocha de la Tueuse afin de pouvoir lui parler.

— Tu iras mieux une fois au campement, je t'assure, murmura-t-il.

Sans un regard pour le Rôdeur, Tara hocha lentement la tête. Elle frissonna de nouveau.

— Polux… Tu peux m'expliquer ce que tout ça veut dire ?

— Je le ferai, promis. Mais pas maintenant, t'es pas en état de m'écouter…

Cette fois, la jeune fille jeta un coup d'œil à son ami.

— Qu'est-ce que tu veux dire ?

Polux se mordit la lèvre inférieure avant de répondre :

— Je veux dire que j'ai pas envie d'aggraver ta condition avec mes problèmes de famille…

On referma la porte de la cellule derrière eux.

— On viendra vous chercher dans une heure, annonça le garde.

Il tourna le dos aux prisonniers et s'en alla en sifflotant. Polux l'observa un moment, puis finit par reporter son attention sur Tara, qui se tenait à ses côtés. L'adolescente paraissait se réchauffer, ou au moins, ne semblait plus être frigorifiée. La Tueuse, qui avait elle aussi suivi le garde des yeux, tourna la tête vers le

Rôdeur. Elle fronça les sourcils avant de demander :

— Comment tu fais pour pas geler ?

Un petit nuage de vapeur s'échappa d'entre ses lèvres, formant une sorte de barrière qui les sépara pendant quelques secondes. Lorsque la buée fut complètement disparue, Polux tourna les talons et marcha jusqu'au mur opposé. Il s'installa par terre, le dos contre la pierre froide.

— Approche, dit-il à Tara en lui faisant un signe de la main.

La jeune fille s'exécuta et vint s'asseoir à côté de Polux. Ce dernier ne dit pas un mot, le regard dans le vide. Finalement, Tara osa prendre la parole :

— Ce gars…

Le Rôdeur soupira.

— C'est mon frère, annonça-t-il sans même tourner la tête. Enfin, mon demi-frère. On a le même père, mais pas la même mère.

— Mais…, objecta Tara. Vous ne vous ressemblez même pas !…

Polux se retint de rire en pensant aux réflexions qu'il s'était faites durant leur voyage pour le Royaume du Nord. Castor et lui ne se ressemblaient pas ?

— Après tout, reprit la Tueuse, il est des tribus du Nord alors que toi…

— Moi aussi, je le suis, la coupa Polux. Mon tatouage que tu as vu, c'est celui des Fugitifs. Je suis né ici.

Il se tut. Tara fronçait les sourcils et se mordait la lèvre. Elle semblait égarée, donc le Rôdeur décida de tout lui expliquer depuis le début :

— Ma mère était une fille du Sud et mon père, un fils du Nord. Il était en mission d'espionnage quand il l'a rencontrée. Il est tombé amoureux et, lorsque sa mission a prit fin, ils sont revenus ici, ensemble.

Polux fit une pose et inspira profondément. Il se passa la main dans les cheveux et reprit :

— Dans ce temps-là, mon père était le chef des Fugitifs. Alors il pouvait bien ramener qui il voulait au village, les autres n'avaient rien à y dire. Toutefois, les tribus du Nord et celles du Sud sont ennemies, et ça depuis des années. Mon père a donc commencé à être un peu moins apprécié.

Le Rôdeur devint silencieux de nouveau. Il tourna alors la tête vers Tara et finit :

— Quand je suis venu au monde, tout a dégénéré. Que mon père ait une histoire avec une fille du Sud, c'était une chose. Mais qu'il ait un enfant avec elle alors qu'il en avait déjà un — Castor —, c'en était une autre. Tout le monde a exigé qu'il me tue. S'il refusait, ç'était la famille entière qui allait être exécutée. Mon père m'a donc laissé près d'une tanière où les louves venaient d'avoir leurs petits, faisant croire qu'il m'avait tué. J'avais quoi ? Deux ou trois ans ? Depuis, il n'est plus chef. Mais étant né avant sa destitution, je suis le second prince des Fugitifs. Toute ma vie, je me suis caché pour qu'on pense que j'étais bel et bien mort.

Tara semblait perplexe.

— Tu te demandes comment je suis au courant de toute cette histoire ? devina Polux. Il y a beaucoup d'anciens Fugitifs qui vivent maintenant au Royaume des

Quatre, tu sais. Disons simplement qu'il leur arrive de parler de moi…

Le Rôdeur essaya de sourire en disant cela, mais c'était inutile : il était bien trop préoccupé par autre chose. Il tourna la tête vers les barreaux de la cellule et balaya le couloir du regard. Il soupira.

– Maintenant, murmura-t-il, on va me tuer.

10

Blessures

— Avance, ordonna le garde à Polux.

L'adolescent obéit et traîna les pieds jusqu'aux grandes portes de fer, devant lui. Il s'immobilisa à moins d'un mètre d'elles, attendant qu'elles s'ouvrent toutes seules, comme par magie. Quelques minutes plus tôt, deux gardes étaient venus les chercher, Tara et lui. Les prisonniers avaient dû suivre les Fugitifs dans un long couloir sombre et inquiétant. Ils avaient fini par déboucher sur une vaste salle à haut plafond, avec de grandes fenêtres et un plancher luisant en pierre noire. Et maintenant, les adolescents attendaient devant les portes de métal, espérant qu'on leur ouvre bientôt. Ce qu'on fit d'ailleurs bien assez vite, car lorsque Polux découvrit les gradins remplis de gens, le grand espace à ciel ouvert et la foule hurlante, il se mit à souhaiter que tout cela ne soit qu'un mauvais rêve. La porte s'était ouverte sur une arène.

Les portes se refermèrent en grinçant. Polux regarda en arrière et s'aperçut que les deux gardes qui les avaient escortés n'étaient plus là. Ils étaient probablement déjà en train de s'installer dans les gradins…

— Polux?…

Le Rôdeur tourna la tête vers son amie qui s'était entourée de ses bras, piètre tentative pour se réchauffer.

— Je…

Les mots semblèrent se coincer dans la gorge de l'adolescente. Polux fit un pas de côté pour s'approcher d'elle et il sentit leurs doigts s'effleurer.

— Ça va aller, dit-il doucement.

Il sentait la peur qu'éprouvait la jeune fille. Il percevait presque les battements affolés de son cœur, la boule qu'avait provoquée la nervosité dans sa gorge et les tremblements de son corps qui n'étaient pas seulement causés par le froid. Polux serra les dents en espérant que, comme il l'avait assuré à Tara, tout se passe bien.

— Polux ! s'écria soudain la Tueuse en désignant quelque chose du doigt.

Le Rôdeur reporta son attention sur ce que Tara lui montrait et s'étouffa en découvrant ce qui se passait à l'autre bout de l'arène : deux grandes portes en fer, identiques à celles qu'ils avaient franchies une minute plus tôt, venaient de s'ouvrir, libérant une trentaine d'hommes. Polux soupira.

— Ça va être un peu plus compliqué que ce que j'avais imaginé...

— Ah, ouais ?! s'exclama Tara en se collant aux portes derrière elle. Et je peux savoir ce que t'avais imaginé ?

— Oh, je sais pas... Qu'ils nous proposeraient de nous trancher la tête ou de nous laisser partir. Quelque chose de sympa, quoi...

— Polux ! s'indigna la Tueuse en le fusillant du regard.

— Désolé.

Le Rôdeur continuait de fixer les guerriers. Au bout de quelques secondes, il empoigna son sabre et le dégaina. Lors de leur capture, il n'avait pas saisi pourquoi on leur avait laissé leurs armes. Maintenant, il comprenait parfaitement.

— Alors ?… fit Tara d'une voix tremblante. Qu'est-ce qu'on fait ?

Polux ouvrit la bouche, mais avant qu'il n'ait le temps de dire un mot, les Fugitifs en face d'eux avaient saisi leur arc armé de flèches et les avaient pointés dans leur direction. L'adolescent sursauta et fit un pas en arrière.

— Alors ?… insista Tara. Polux, ça commence à être urgent !

— Euh…, fit le Rôdeur. On attend qu'ils nous tirent dessus ?

— Quoi ?!

— T'inquiète, je plaisante. On fonce dans le tas !

— QUOI ?!

Mais Polux était déjà parti, tête baissée.

Polux tenta de reprendre son souffle. Ils avaient engagé le combat une quinzaine de minutes plus tôt et depuis cet instant, Tara et lui n'avaient eu aucun moment de répit. Évidemment, les guerriers Fugitifs étaient des adversaires beaucoup plus sérieux que les gardiens du Royaume des Quatre, ce qui compliquait un peu la tâche aux adolescents. En un quart d'heure, ils n'avaient réussi à mettre en retraite que quatre ou cinq hommes. Toutefois, le grand nombre de combattants qu'il y avait sur le terrain présentait aussi son avantage : comme les 30 hommes ne pouvaient pas tous se jeter en même temps sur les prisonniers, ils devaient quasiment attendre leur tour pour se battre. Quand même ! En affrontant ces quelques guerriers, Polux se retrouvait déjà avec plusieurs coupures et ecchymoses. À un moment, le Rôdeur avait même cru qu'on lui avait coupé la pointe de l'oreille droite, mais après une rapide vérification, il s'était aperçu qu'il ne s'agissait que d'une égratignure. Et maintenant, après 15 minutes de combat, les adolescents se retrouvaient dos à dos, tous deux désarmés, avec plus d'une vingtaine d'hommes qui les entouraient. Le Rôdeur regarda autour d'eux en inspirant profondément. Il vit quelques Fugitifs s'avancer à pas lents. Les autres restaient en arrière, presque immobiles, sûrs de leur victoire imminente. Polux, qui retenait maintenant sa respiration, réfléchissait à toute vitesse. Il devait faire quelque chose. Maintenant. Leurs ennemis continuaient à s'approcher, si bien qu'ils n'auraient bientôt plus qu'à tendre le bras pour les toucher. Le Rôdeur relâcha alors sa respiration et se retourna. En une seconde, il empoigna Tara par l'épaule, l'obligea à se retourner et lui attrapa les mains.

— Accroche-toi ! lança-t-il.

Il vit Tara froncer les sourcils, mais ne lui laissa pas le temps de protester. Il se mit à tourner sur lui-même, sans lâcher les mains de la Tueuse. Celle-ci dérapa, mais ne s'écrasa pas dans la neige, au contraire : elle fut entraînée par le mouvement de Polux et son corps s'éleva rapidement dans les airs, frappant au passage les Fugitifs qui se trouvaient trop près.

— Polux ! hurla-t-elle alors. POLUX !!! Arrête ça tout de suite !!!

— Comme tu veux, répondit le Rôdeur en lâchant prise.

Les yeux de la Tueuse s'agrandirent et elle poussa un cri de surprise lorsqu'elle fut projetée contre deux hommes. Ils tombèrent au sol au même moment. Pendant que Tara se relevait, Polux jeta un œil aux Fugitifs autour de lui. Ceux qui n'étaient pas à terre et à moitié sonnés restaient en retrait, surpris par ce qui venait de se passer.

— Non, mais… À QUOI TU AS PENSÉ ?! hurla soudain Tara.

Le Rôdeur tourna la tête vers la Tueuse et écarquilla les yeux.

— À nous sauver la vie !… répliqua-t-il.

— ET C'EST LA SEULE CHOSE À QUOI T'AS PENSÉ ?!

L'adolescente se mit à faire plein de gestes avec ses bras et Polux blêmit en voyant ce que provoquait sa colère : à chaque mouvement, un homme s'écroulait… mort.

– Euh, Tara…

– ÉCOUTE-MOI QUAND JE TE PARLE !!! J'AURAIS PU ME FAIRE TUER ET ON DIRAIT QUE T'EN AS RIEN À FAIRE !!!

Deux hommes tombèrent.

– À QUOI TU PENSES, À LA FIN ?!

– Tara !!! s'écria Polux. Regarde…

La Tueuse lui jeta un regard noir avant de faire ce qu'il lui demandait. Aussitôt qu'elle eut jeté un œil autour d'eux, elle sursauta. Il ne restait qu'une dizaine d'hommes debout, et ils reculaient en jetant des regards effrayés à Tara.

– Oh, non…, fit cette dernière d'une petite voix. Ça recommence…

– Qu'est-ce que tu racontes ? lança Polux en souriant. On a gagné !

Tara baissa la tête. « Oh, non… » pensa-t-elle en recommençant à frissonner.

— Zeck.

Le chef de la tribu des Fugitifs tourna la tête et aperçut Castor, qui venait de passer la porte de la tour d'observation.

— Oui ?

— Il… Il a gagné.

— Je sais, Castor. J'avais remarqué.

Le jeune homme se dirigea d'un pas rapide vers le mur de la tour, où une large fenêtre permettait de voir ce qui se passait au-dehors.

— Qu'est-ce qu'on fait ? demanda-t-il.

Dans son fauteuil, Zeck se cala contre les douces fourrures de bêtes. Le chef ne répondit pas et poussa un long soupir.

— Je n'aurais jamais pensé qu'il survivrait, marmonna Castor en jetant un regard vers son frère, quelques mètres plus bas. Et la fille…

— Une Tueuse, sans aucun doute, lança Zeck. Ils sont doués pour se battre, ces deux-là…

Il y eut un long silence durant lequel les deux hommes laissèrent échapper un soupir. Puis Castor demanda de nouveau :

— Alors, qu'est-ce qu'on fait ?

— On tient notre promesse, répondit le chef avec un sourire carnassier. On tient notre promesse…

Après être allé récupérer son sabre, qu'il s'était fait enlever durant l'affrontement, Polux marcha jusqu'aux portes de fer où attendait Tara, encadrée d'un homme et d'une femme. Les deux gardes étaient dos au Rôdeur lorsqu'il les remarqua. Quand l'adolescent ne fut plus qu'à quelques mètres d'eux, la femme se retourna et Polux sourit en l'examinant. Elle était mince, avec de longs cheveux noirs qui lui tombaient sur les épaules et son regard avait quelque chose d'envoûtant…

— Alors c'est toi, Polux…, fit-elle en croisant les bras sur sa poitrine.

Sa voix était douce. Le Rôdeur se dit qu'elle ne devait pas être beaucoup plus âgée que lui. Dix-huit ans, peut-être dix-neuf. Il s'arrêta à moins d'un mètre d'elle. Leurs yeux étaient à la même hauteur.

— Le seul et l'unique…, approuva Polux en croisant les bras à son tour.

Du coin de l'œil, il vit Tara lui jeter un regard désapprobateur.

— Dommage, soupira la jeune femme avec un petit sourire. Je n'aurais peut-être pas dû épouser Castor…

Polux faillit s'étouffer.

— T'es la femme de mon frère !?

— La seule et l'unique…, répliqua cette dernière en battant des cils.

Elle décroisa les bras et posa les poings sur ses hanches.

— T'en fais pas, je suis pas sérieuse, continua-t-elle en riant. Jamais je ne me débarrasserais de Castor pour toi, un fils manqué du Sud !…

Il y eut un chuintement et Polux brandit son sabre en sifflant :

— Espèce de sale…

— Eh ! s'écria alors l'autre garde en s'interposant entre Polux et Nola.

L'homme tira le capuchon de sa cape en arrière, dévoilant le visage que Polux détestait le plus au monde.

— Polux, tu te calmes, ordonna Castor. Sinon, je m'occupe de toi.

— Vas-y, répliqua le Rôdeur en plantant son regard dans celui de son frère. Je t'attends...

Castor fronça les sourcils d'un air dédaigneux.

— T'as le caractère de ta sale mère...

Ce fut comme si Polux avait reçu un coup de poing dans le ventre. Il manqua d'air pendant une seconde et lorsqu'il reprit le contrôle de ses membres, il jeta son sabre à terre et sauta à la gorge de Castor.

— ESPÈCE DE SALAUD !!! JE T'INTERDIS DE L'INSULTER, T'ENTENDS ?!!

Le Rôdeur sentit vaguement une pression sur ses épaules, peut-être Tara qui tentait de le tirer en arrière, mais il n'en était pas tout à fait certain. Tout ce dont il avait conscience, c'était qu'il n'avait jamais haï quelqu'un comme il haïssait celui qui se trouvait devant lui.

— CETTE FOIS, C'EST FINI, CASTOR !!! JE VAIS TE TUER !!!

Les doigts du Rôdeur se resserrèrent autour de leur prise. Castor, les yeux exorbités, agrippa la main de son frère en tentant d'aspirer un peu d'air, en vain. Polux aussi avait peine à respirer, trop aveuglé par sa rage, sa tristesse et sa souffrance. Cela faisait des années qu'il endurait tout ça. Et à cause de quoi ? De qui ? À cause de la guerre entre les fils du Nord et ceux du Sud, à cause des Fugitifs. À cause de Castor. Le Rôdeur leva un poing si serré que ses ongles s'enfonçaient dans sa paume. Le regard rivé à la tempe de son frère, où une veine saillait, il imaginait déjà le sang couler, drainant la vie hors de Castor, le rendant faible, tellement faible… La mort surviendrait alors, une mort si douce et si plaisante aux yeux de Polux.

— C'est fini…, répéta-t-il dans un murmure.

— POLUX !!!

Et il frappa. Tous les muscles de son bras furent délivrés de leur tension par ce simple geste. Mais l'adolescent n'atteignit pas sa cible. Une jeune fille se jeta devant Castor, arrachant ce dernier à la poigne de Polux. Le Rôdeur atteignit cette jeune fille à la mâchoire et elle s'effondra en perdant connaissance. Polux resta un instant sans comprendre, son regard dérivant sur la joue couverte de sang, les paupières closes et les lèvres entrouvertes.

— Non!

Le Rôdeur se laissa tomber à genoux. À côté de lui, Castor se massait la gorge, le souffle court. L'homme jeta un œil à Tara, inconsciente, et ses yeux remontèrent vers Polux. En découvrant la mine effarée et les tremblements de son frère, Castor essaya de sourire, mais il fut pris de toussotements.

— QU'EST-CE QUI SE PASSE ICI?!

Polux leva lentement la tête vers l'homme qui venait de surgir d'entre les deux portes de métal. Il l'observa rapidement de la tête aux pieds, remarquant son regard perçant, et reporta immédiatement son attention sur Tara. Pour le moment, rien d'autre n'avait d'importance.

— Comment osez-vous agir de la sorte devant tous ces gens?

— C'est lui! se défendit Nola en jetant un regard glacial à Polux.

— Je n'en ai rien à faire, vous êtes tous impliqués.

Polux se força à reporter son attention sur le Fugitif. L'homme planta son regard noir et froid dans celui du Rôdeur, faisant frissonner ce dernier. Au bout de quelques secondes à rester ainsi, le Fugitif, que Polux identifia comme étant le chef, baissa les yeux vers Tara. Ses yeux s'arrondirent légèrement, mais il n'eut pas de réaction plus apparente.

— Suis-moi, ordonna-t-il au Rôdeur.

Il fusilla Castor et Nola du regard, tourna les talons et quitta l'arène dans un claquement de cape. Polux s'empressa de rengainer son sabre. Puis, il passa les bras sous le corps de Tara, se redressa en serrant la jeune fille contre lui et suivit le chef dans le couloir.

Le chef des Fugitifs, Zeck — comme l'avait entendu Polux lorsqu'un garde s'était arrêté pour leur parler —, ouvrit la porte de la cellule qu'avaient occupée Polux et Tara à leur arrivée. Le Rôdeur entra sans se faire prier – le regard de Zeck lui glaçait le sang.

– Elle a seulement besoin de repos.

Ce fut ses seules paroles. Polux le regarda refermer la porte, glisser une clef dans la serrure, la remettre dans sa poche et s'en aller d'un pas décidé. Une fois seul, le Rôdeur baissa les yeux sur Tara, qu'il n'avait toujours pas lâchée. En voyant la joue blessée de la Tueuse, il se mit à trembler. Il eut soudain l'impression que son corps se vidait de sa force et il se dépêcha de déposer Tara dans un coin de la cellule. Là, il prit le temps d'inspirer et d'expirer à fond. Les tremblements de son corps se calmèrent et il se laissa tomber sur le sol de pierre, aux côtés de Tara. Après un moment d'hésitation, il baissa les yeux sur l'adolescente et contempla son visage. Malgré le sang noir – particularité des habitants de l'Ouest – qui recouvrait toujours sa joue, la Tueuse semblait paisible. Ses paupières s'agitaient légèrement, comme si elle était en train de rêver. Polux espérait que c'était le cas.

— Je suis désolé…, murmura-t-il.

Il approcha une main tremblante du visage de la jeune fille et caressa sa joue blessée. Le sang n'avait pas encore séché, mais il semblait avoir arrêté de couler. Au contact des doigts du Rôdeur sur sa peau, Tara laissa échapper un petit gémissement. Polux s'immobilisa immédiatement, retenant même son souffle. Lorsque la Tueuse soupira, le garçon se détendit. Elle avait besoin de repos. Seulement du repos. Le Rôdeur jeta un œil à ses doigts. En voyant le liquide noir, il déglutit. Il n'aurait suffit qu'il l'atteigne à la tempe pour que la situation soit bien pire…

— Ça va ? fit alors une petite voix.

Polux releva la tête et regarda en direction de la porte de la cellule.

— …Quoi ?

La petite fille pencha la tête vers la droite et répéta :

— Est-ce que ça va ?

Polux battit des paupières plusieurs fois avant de répondre, plutôt abasourdi :

— Euh, oui, enfin… Autant que ça peut aller…

Le visage de la petite fille se fendit d'un large sourire.

— Tant mieux, alors.

Et elle resta là, à observer le Rôdeur. De son côté, Polux faisait exactement la même chose : il l'observait. La petite Fugitive était toute jeune, quatre ans, certainement pas plus. Ses grands yeux, qui continuaient de dévisager le Rôdeur, avaient de jolis reflets bleus, comme les plumes d'un corbeau. Un loup en peluche, qu'elle tenait par une patte antérieure, frôlait le sol. Polux la trouva a-do-rable.

— Moi, je trouve que tu as l'air gentil, fit alors la petite.

Polux haussa les sourcils.

— Comment ?

— Mon papa ne t'aime pas. Je pense que c'est parce qu'il croit que tu es méchant.

Le Rôdeur se mordilla la lèvre inférieure.

— Et c'est qui ton papa ? demanda-t-il, redoutant déjà une réponse.

— Il s'appelle Castor.

Mais bien sûr. Pourquoi avait-il seulement pris la peine de le demander? Quelle petite fille irait rendre visite à un prisonnier supposément dangereux? Polux le savait parfaitement : il n'y avait que dans sa famille qu'on aimait autant le danger. « Alors, pensa-t-il avec un petit sourire, cette adorable fillette est ma nièce?... » Ladite fillette s'approcha alors de la porte et, mettant sa main autour de sa bouche, murmura :

– Ne dis pas à mon papa que je suis venue ici, d'accord? Il serait très fâché...

Le sourire de Polux s'élargit.

– D'accord, c'est notre secret.

Le visage de la petite s'illumina. Puis, aussi rapidement qu'il était apparu, son sourire s'envola. Elle passa alors un bras entre les barreaux, tendant la main au Rôdeur. Comme elle semblait attendre quelque chose, le garçon fronça les sourcils.

– Qu'est-ce qu'il y a? demanda-t-il.

– Ben, fit la petite fille, il faut se serrer la main. Mon papa dit que c'est pour rendre un accord ovi... ossi...

Polux se retint de rire.

— Officiel, dit-il en se levant.

La fillette se mit à hocher la tête.

— Oui. Officiel.

En voyant le Rôdeur s'approcher d'elle, elle étira un peu plus son bras à travers les barreaux. L'adolescent sourit devant ce spectacle et devant le sérieux dont faisait preuve l'enfant. Il s'agenouilla devant elle et prit la petite main dans la sienne. La fillette serra ses doigts autour de ceux du Rôdeur.

— Maintenant, tu ne peux plus dire à mon papa que je suis venue te voir ! lança-t-elle en riant.

Le sourire de Polux s'élargit. La petite fille retira sa main de celle du Rôdeur et fit quelques pas en arrière.

— Au revoir, monsieur le gentil prisionnier.

Elle avait mal prononcé le dernier mot et cela fit sourire Polux.

— Au revoir…, commença le garçon alors que sa visiteuse s'éloignait.

Il fronça les sourcils.

— Dis, comment tu t'appelles ?

La fillette se tourna vers lui.

— Cassie, dit-elle d'un ton joyeux avant de disparaître dans le couloir.

Polux resta devant la porte encore quelques secondes, un sourire au coin des lèvres.

— Cassie..., répéta-t-il dans un murmure.

11

Le reflet dans les yeux

Au bout d'une heure, Tara n'avait toujours pas repris conscience. Après la visite de Cassie – Polux l'avait définitivement qualifiée d'adorable petite, tout le contraire de son père –, le Rôdeur s'était installé à côté de la Tueuse, le dos contre le mur froid et rugueux de la cellule. En attendant le réveil de son amie, l'adolescent avait amplement eu le temps de réfléchir à son comportement. Et, même s'il détestait se l'avouer, il savait qu'il était allé trop loin. Pourquoi s'était-il enragé ainsi face à son frère ? Parce que c'était un abruti de première ? Parce que Castor le méprisait à cause de son apparence de fils du Sud ? Ç'aurait pu être logique. Excessif, mais logique. Le Rôdeur avait retourné la question un million de fois au moins, en vain. Chose sûre : il détestait Castor et c'était réciproque. Mais la véritable cause de cette haine qu'ils ressentaient l'un envers l'autre lui échappait. Comme un souvenir douloureux qu'il se serait forcé à oublier.

Polux ouvrit les yeux. Avait-il rêvé ou Tara venait-elle de gémir ? L'adolescent releva la tête, les bras entourant toujours ses genoux. À côté de lui, Tara remua légèrement. Le Rôdeur se pencha au-dessus d'elle.

— Polux ?…

Ce dernier prit une grande inspiration et se mordit la lèvre, cherchant ses mots.

— Polux, répéta Tara. Qu'est-ce que…

— Je suis désolé, se lança le garçon. Je voulais pas… J'aurais jamais pensé que tu… Et j'aurais pas dû… Tu m'en veux à mort, hein ?

Piètre tentative pour s'expliquer. Tara plissa les yeux. Comme elle restait silencieuse, Polux sentit son cœur se serrer et il supplia la Tueuse du regard. L'adolescente ne daigna pas prononcer un mot, ses paupières serrées comme pour accuser le Rôdeur. Lorsque, au bout de plusieurs secondes, ce dernier finit par joindre les mains, Tara éclata de rire. Elle se redressa lentement sur ses coudes, puis s'assit en face de Polux.

— Ça va, je vais bien, fit-elle.

Le sourire qui étira ses lèvres fit battre le coeur du Rôdeur.

— Je suis dé-so-lé, répéta le garçon. Désolé, désolé et désolé !...

Tara émit un nouveau ricanement.

— D'accord, j'ai compris.

Polux soupira. Il détailla le visage de Tara, avec son nez fin et ses grands yeux sombres. Malgré sa plaie à la joue et sa lèvre fendue, la jeune fille semblait être en pleine forme et aucune trace de colère ne brillait dans son regard. Le Rôdeur serra les dents.

— Tu... T'es pas fâchée ?

Le sourire de Tara s'effaça immédiatement et ses yeux se détachèrent de ceux de son ami. Son expression devint dure et ses sourcils se froncèrent lorsqu'elle effleura ses blessures du bout des doigts.

— Non, pas pour ça…, fit-elle à voix basse.

Polux retint son souffle et chercha le regard de la Tueuse. Celle-ci finit par lever la tête vers lui.

— Mais je t'en veux pour autre chose, avoua la jeune fille.

Quelques secondes qui parurent être des heures s'écoulèrent.

— Je t'en veux parce que… tu as voulu TUER CASTOR !!! TON PROPRE FRÈRE !!!

Polux ne sut que répondre. Il était si surpris par ce revirement de situation qu'il se contenta d'écouter les accusations de Tara.

— LE TUER !!! SIMPLEMENT PARCE QU'IL A INSULTÉ TA MÈRE !!!

— Ouais, mais tu peux pas comprendre parce que toi, tu l'as tuée, ta mère.

Tara le gifla. La violence du coup propulsa sa tête sur le côté et picota sa peau pendant un long moment. Les deux adolescents ne dirent plus un mot, le silence n'étant troublé que par la respiration haletante de Tara.

– Désolé…, laissa tomber Polux.

– Tu es désolé ? Tu crois que ça va suffire ?

Le Rôdeur ferma les yeux en soupirant.

– Non, je sais bien… Écoute…

– Non, toi, écoute, le coupa Tara d'une voix cinglante. Je croyais avoir trouvé quelqu'un de différent en toi. Je me trompais. Et tu te souviens de ce truc avec le reflet dans les yeux ? Eh bien, je me voyais dans tes yeux, Polux. Mais maintenant, y a plus rien.

12

Trompés

– Vous êtes libres, annonça un des hommes qui accompagnaient Polux et Tara.

Le Rôdeur lui jeta un regard en coin, puis reporta son attention sur la Tueuse. La jeune fille ne le regarda pas, gardant les yeux rivés sur l'horizon. Polux sentit son cœur se serrer. Il tourna la tête vers Zeck, cet homme dont un seul regard lui glaçait le sang. Le chef ne le regarda pas, mais Polux se doutait que l'homme s'était aperçu qu'on l'observait. Le Fugitif désigna alors le désert de neige d'un geste de la main.

– Nous vous laissons partir, dit-il. Mais ne comptez pas sur nous pour vous aider dans votre voyage de retour…

Polux hocha la tête. Il fixa l'horizon pendant quelques secondes et, devant ce paysage vide et triste, il soupira. Il rabattit alors son capuchon sur sa tête, protégeant quelque peu ses oreilles pointues du froid, et se mit en marche. Tara l'imita et le suivit, déjà tremblante de la tête aux pieds. Zeck les regarda s'en aller, les bras croisés. Il resta ainsi un long moment. Ce n'est que lorsque les deux adolescents ne furent plus que deux petits points noirs se détachant sur la neige que le Fugitif se tourna vers les trois hommes qui l'accompagnaient. Zeck prit une grande inspiration et, chose rare, il parut hésiter. Finalement, il ordonna :

— Tuez-les.

Polux jeta un nouveau regard à Tara, comme il le faisait à toutes les 20 secondes depuis leur départ. Et comme à tous les coups d'œil précédents, Tara ne prit même pas la peine de se soucier de lui. Elle marchait d'un bon pas malgré les tremblements évidents de son corps et ne lâchait jamais l'horizon des yeux. Cela fit soupirer Polux. À plusieurs reprises, il avait cru entendre la Tueuse murmurer son nom, comme si elle avait voulu lui dire quelque chose. Mais bon, peut-être qu'il s'imaginait tout ça…

— Tu veux ma cape ? proposa le garçon lorsque Tara fut secouée d'un violent frisson.

C'était les premiers mots qu'il prononçait depuis qu'ils avaient été libérés.

— Pourquoi est-ce que j'en aurais besoin ? riposta Tara sans même le regarder.

Polux serra les dents d'impatience. Décidant alors qu'il en avait assez, il se plaça devant l'adolescente et planta son regard dans le sien.

— D'accord, dit-il avant que Tara ne puisse protester. Je suis un crétin et je sais pas ce qui m'a pris. Tu as raison, c'est mon frère… mon demi-frère.

La Tueuse soupira et croisa les bras sur sa poitrine. Dans ses yeux violets, le Rôdeur vit briller de l'agacement, mais aussi… de l'espoir ?

— Mon demi-frère, reprit Polux. Mais je l'ai jamais considéré comme tel. C'est Anouka, ma famille. Ma famille, c'est…

Le reste de sa phrase resta coincé dans sa gorge. Les yeux de Tara s'agrandirent, comme si elle attendait de connaître la suite.

— Dis-moi ce que je dois faire pour que tu me pardonnes.

La Tueuse esquissa un petit sourire. Ses lèvres tremblaient et ses dents s'entrechoquaient sous l'effet du froid.

— C'est déjà fait, répondit-elle.

Polux en fut bouche bée.

— Tu m'as montré que tu regrettais sincèrement. C'est tout ce que je voulais.

Le Rôdeur sentit un énorme poids se retirer de ses épaules. Alors, c'était fini ? Tara ne lui en voulait plus ? Il était si heureux qu'il ne saisit pas tout de suite le sens des paroles de la Tueuse quand celle-ci annonça d'une petite voix :

— Et au fait… Je veux bien ta cape…

Après quelques secondes, Polux accepta d'une voix mal assurée et détacha sa cape. Il la passa autour des épaules de Tara, qui rougit lorsque les doigts de l'adolescent effleurèrent son cou.

— Ça va déjà mieux..., murmura-t-elle en tirant sur les pans des deux capes pour s'en envelopper.

Ils se remirent en route. Tara semblait un peu moins frigorifiée et Polux, maintenant torse nu, ressentait le froid comme s'il ne s'était agi que d'une brise fraîche — c'était un des avantages d'être à moitié fils du Nord.

— Euh, Polux ?... fit Tara au bout d'un moment.

Le Rôdeur tourna la tête vers elle. La jeune fille s'immobilisa et baissa les yeux vers ses pieds, légèrement enfoncés dans la neige.

— Je me demandais..., bredouilla-t-elle alors que Polux se retournait face à elle. Quand on était au Royaume des Quatre, est-ce que tu... Tu voyais vraiment ton reflet dans mes yeux ?...

Polux sentit le feu lui monter aux joues. Quand Tara leva son regard vers lui, il se mordit la lèvre inférieure.

— Tu disais la vérité ?

Le Rôdeur hocha lentement la tête. La Tueuse rougit à son tour et Polux la trouva vraiment très, très jolie. Il pensa alors à leur dispute et demanda :

— Et quand tu m'as dit qu'il y avait plus rien…

Tara secoua lentement la tête, les yeux rivés à ceux de l'adolescent.

— C'était faux. Je me suis toujours vue dans tes yeux…

Polux fit un pas en avant. Il dut pencher la tête afin que son regard reste vis-à-vis celui de la jeune fille. Leurs mains se frôlèrent et le Rôdeur glissa ses doigts entre ceux de Tara, qui ouvrit légèrement la bouche pour laisser échapper un soupir. Les deux adolescents étaient si près l'un de l'autre que Polux pouvait sentir le souffle de la Tueuse dans son cou…

Anouka vira soudain à gauche, évitant une flèche de justesse. Elle avait enfin réussi à la saisir ! Elle avait saisi l'odeur de Polux. Elle n'avait pas cessé de la chercher depuis que son frère de meute et son amie avaient été enlevés. Au début, l'odeur avait été introuvable. Mais, alors qu'Anouka courait le long de la rivière en direction du Nord — ceux qui avaient enlevé Polux sentaient la neige et la glace —, l'odeur était revenue. La louve avait alors foncé plus rapidement qu'elle ne l'avait jamais fait. Elle avait parcouru presque toute la distance qui la séparait de son frère en moins de temps que cela n'en avait pris à l'abeille géante — la créature volante qui avait avalé Polux et Tara ressemblait beaucoup à une abeille grisâtre et faisait le même bruit en volant — pour atteindre les terres du Nord. Mais ça, un loup normal en aurait été incapable. Anouka, elle, était plus forte, plus rapide et plus intelligente grâce au lien qui l'unissait au Rôdeur. Et c'est sûrement pour ça que les hommes à l'odeur de glace essayaient maintenant de la blesser avec leurs bâtons pointus et leurs pierres tranchantes. Ils savaient qu'avec elle, Polux deviendrait invincible. Eux aussi voulaient trouver le garçon, mais c'était pour lui faire du mal. Alors Anouka continuait de courir. Une flèche siffla soudain à son oreille et alla s'enfoncer dans la neige un bond en avant. La louve se figea et regarda la neige fondre autour du bâton. Elle se retourna et comprit : les flèches que lançaient les hommes brillaient de la lumière brûlante. Anouka plaqua ses oreilles contre sa tête et se remit à courir, ignorant l'averse de flèches qui s'abattait autour d'elle. Il fallait absolument qu'elle retrouve Polux avant les autres hommes. Sinon, elle n'osait même pas imaginer les conséquences…

Polux sentit les lèvres de Tara frôler les siennes. Un frisson lui remonta le long de l'échine quand… Il fut plaqué au sol. Une fois ses esprits recouvrés, le Rôdeur s'assit dans la neige. À ses côtés, il découvrit Anouka, qui s'empressa de lui couvrir le visage de bave. Tout en caressant la louve pour tenter de calmer ses gémissements, Polux jeta un œil à Tara. La Tueuse avait rougi jusqu'aux oreilles et tirait sur les capes qu'elle portait afin de s'en envelopper entièrement. Sans la quitter des yeux, le Rôdeur alla déposer un baiser sur la truffe d'Anouka.

— T'es douée pour arriver aux mauvais moments, toi, lui dit-il à voix basse.

La louve ne sembla pas se soucier d'avoir dérangé son frère de meute et se mit à gémir de plus belle. En sentant son affolement, Polux s'agenouilla et se concentra sur ce qu'Anouka tentait de lui dire. À travers les grognements, jappements et geignements que poussait l'animal, il comprit pourquoi la louve semblait si inquiète.

— Quoi ? s'exclama-t-il en se relevant.

— Qu'est-ce qu'elle dit ? demanda Tara en s'approchant.

Polux ne répondit pas et continua de regarder Anouka, qui s'était mise à japper en tournant fréquemment la tête vers une colline, non loin de là.

— Elle a peur, remarqua Tara alors que la louve se mettait à courir dans tous les sens.

Polux essaya de rassurer sa sœur de meute en lui parlant à voix basse, mais elle semblait ne rien vouloir entendre. Elle ne cessait de piétiner la neige, de secouer la tête en agitant la queue et les oreilles et de faire mine de se diriger vers la colline.

– Qu'est-ce qui se passe, Polux? interrogea Tara d'une voix anxieuse.

Des bruits de pas ainsi que des cris d'hommes leur parvinrent alors de derrière la côte qu'avait désignée Anouka. Les adolescents se retournèrent et Polux porta la main à son fourreau. En dégainant son sabre, il déclara :

– Ils nous ont menti. Ils sont là pour nous tuer.

13

Désarmé

Anouka tournait autour de Polux. Elle lui donnait des coups de museau dans les côtes, poussait de petits jappements… Elle avait même mordillé le bas de son pantalon ! Mais son frère de meute ne l'écoutait pas. Il regardait en direction de la colline en parlant avec Tara, alors que c'est elle, Anouka, qui avait quelque chose à lui dire ! Elle devait le prévenir de l'arrivée du Grand Danger.

— Qu'est-ce qu'elle dit ? demanda Tara en jetant un œil à Anouka qui s'était mise à sautiller sur place.

La jeune fille prit une flèche dans son carquois et l'encocha.

— J'en sais rien, répondit Polux. Je comprends pas ce qu'elle raconte. Elle parle de la « dangereuse lumière ».

— Comment?

Le Rôdeur haussa les épaules. Des ombres apparurent au sommet de la colline. Ils étaient là.

— Prête? fit Polux.

Tara acquiesça et tendit un peu plus la corde de son arc. Polux fit un pas en avant. C'est à ce moment qu'Anouka poussa un grognement et fila en direction de la colline.

— Anouka! s'écria Polux avant de se jeter à sa poursuite.

Tara tourna la tête vers lui et hurla son nom pour tenter de l'arrêter, mais le Rôdeur l'ignora. L'adolescente serra les dents en reportant son attention sur les silhouettes qu'on apercevait en haut de la colline. Elle tendit la corde de son arc au maximum et visa. Elle savait que les guerriers étaient eux aussi prêts à l'attaque…

— Maître Zykio, demanda Castor en observant Polux, qui courait vers eux. Préparez-vous et… ne le manquez pas.

— Je compte bien l'avoir, p'tit gars, répondit le sorcier avec un léger sourire. J'y compte bien...

Le vieil homme frotta ses mains l'une contre l'autre.

— Castor, dit-il d'une voix autoritaire. Si j'ai besoin que tu me viennes en aide, tu dois m'obéir. Alors, n'oublie pas que tes pouvoirs ne peuvent être contrôlés que si tu te concentres. Ne laisse pas tes émotions prendre le dessus.

L'apprenti hocha la tête.

— Maintenant, ordonna-t-il.

Zykio inspira profondément et laissa sa magie l'envahir.

Lorsqu'il vit Castor, Polux sentit la rage bouillir au fond de son ventre. Mais, en apercevant l'homme vêtu d'une longue cape de plumes noires et blanches, son sang se figea dans ses veines. Il jeta un œil à Anouka, qui fonçait toujours droit sur l'armée de Fugitifs.

— Anouka! cria-t-il en accélérant sa course. Reviens ici!

C'est alors que le sorcier mit ses mains en avant. Polux le vit bouger les lèvres. Il récitait une formule. Le Rôdeur reporta son attention sur sa sœur de meute.

— Anouka !!! ANOUKA !!!

Puis, jaillissant du sol devant la rangée de guerriers, apparut une énorme barrière de flammes rouges. Polux se figea. Les flammes dansaient devant ses yeux agrandis par l'effroi. Son sabre tomba dans la neige, à ses pieds. Alors que les battements de son cœur ne cessaient d'accélérer leur cadence, Polux sentit que des images refaisaient surface dans son esprit. Des images qui le hantaient depuis des années…

Il pleurait. Il hurlait. Il n'avait que six ans. Et il allait mourir. Dehors, le tonnerre grondait et, pourtant, c'était comme si Polux ne l'entendait pas. Il ne percevait que le bruit de son cœur qui battait contre ses côtes et le crépitement des flammes qui l'entouraient. Il revoyait l'éclair déchirer le ciel et frapper l'arbre mort, tout près de la tanière. Le feu s'était répandu. Et l'avait fait prisonnier. Parfois, Polux entendait un des hurlements affolés que poussaient les loups, au dehors. Mais aucun d'eux ne venaient le chercher. C'est alors que deux loups adultes avaient traversé les flammes. Un mâle, noir comme la nuit, et une femelle, argentée avec un museau de jais. C'était Vent-du-Nord et Dalila. Les loups qui avaient pris soin de Polux. Ses parents. Vent-du-Nord s'était approché et avait léché les joues ruisselantes de larmes de l'enfant. Puis, Dalila s'était accroupie afin que Polux se hisse sur son dos. Après ça, ils avaient foncé vers le mur de flammes. Polux s'était accroché à la fourrure de sa mère-louve et avait fermé les yeux. En traversant le feu, la chaleur avait été si intense qu'il avait cru être en train de mourir. Puis il s'était écrasé sur le sol. Vivant. En ouvrant les yeux, Polux avait aperçu trois loups courir dans sa direction. Ils s'étaient mis à lui lécher les joues et les bras. Le rescapé avait baissé les yeux sur ses mains serrées autour de poils argentés. C'est à ce moment qu'il avait compris qu'il ne reverrait plus ses parents-loups. Polux avait été le seul à franchir le rideau de feu.

— Polux ! Qu'est-ce qui t'arrive ?! s'écria Tara en arrivant à la hauteur du garçon.

— J'ai... Je peux pas... Le feu...

Tara serra le manche de son arc, qu'elle tenait dans une main. « La dangereuse lumière... », pensa-t-elle. Comprenant alors ce que cela voulait dire, l'adolescente lâcha son arc, qui tomba dans la neige.

— Tu as peur du feu ! s'exclama-t-elle. Polux !

— ...Le feu..., fit simplement ce dernier.

Tara dévisagea son ami. Le Rôdeur avait les yeux rivés sur les flammes et semblait ne plus avoir conscience de ce qui les entourait. La Tueuse fut convaincue sur ce point lorsqu'une flèche siffla à son oreille et effleura Polux, dessinant un trait sanglant sur le bras du garçon. Tara lui prit les mains en serrant les dents.

— Je vais te sortir de là, fit-elle d'une voix douce. Je te le promets.

La Tueuse inspira profondément et ferma les yeux. « Même si c'est aussi dangereux pour moi », se dit-elle en serrant les poings. Elle s'efforça alors d'oublier tout ce qui se déroulait autour d'elle. Le crépitement des flammes, les jappements incessants d'Anouka, les ordres que se criaient les Fugitifs… Tout devint un genre de murmure, comme si cela s'était passé quelque part dans un coin de l'esprit de l'adolescente. Tara sentit que les battements de son cœur reprenaient un rythme normal. Ses épaules s'affaissèrent, et même au moment où une flèche passa à un doigt de son oreille, tranchant une petite mèche de cheveux au passage, elle ne broncha pas d'un cil. Lorsqu'elle rouvrit les yeux, ses pupilles s'étaient allongées en deux lignes noires et une rage froide l'habitait. La Tueuse leva la tête vers le mur de flammes et se mit à marcher droit sur lui. Des flèches fusaient d'un peu partout, mais Tara ne s'en inquiétait pas : elle les évitait comme si elles avaient bougé au ralenti. Grâce aux pouvoirs des Tueurs, l'adolescente était capable de bien des choses impossibles à réaliser pour quiconque de normal. Lorsque le souffle du feu commença à lui chauffer la peau, Tara s'immobilisa. Elle se concentra sur un point invisible dans les flammes, à hauteur d'yeux, et elle plissa les paupières. Après un court instant, elle entendit quelques grognements et gémissements de douleur. Le mur de feu s'évanouit alors et la Tueuse se retrouva face à Castor, qui était tombé à genoux. Du moins put-elle l'observer à travers une sorte de bouclier qui semblait constitué d'eau. Tara leva les yeux vers l'homme, qui se tenait bien droit, à côté du frère de Polux. Le vieil homme portait une cape à plumes. Il s'agissait donc d'un sorcier. Il avait la main levée et, en jetant un œil aux corps dans la neige, Tara devina que les Fugitifs n'étaient pas morts, mais évanouis. Grâce à l'énorme bouclier magique qu'avait créé le sorcier, ils seraient épargnés du regard assassin de la Tueuse. En reportant son attention sur Castor qui se relevait, Tara poussa une sorte de grognement, semblable à celui d'un animal. Le Fugitif porta immédiatement la main à son fourreau, où la jeune fille pouvait voir le manche d'un poignard. Mais avant que quelqu'un n'ait le temps d'attaquer — auraient-ils seulement pu faire quelque chose à travers le bouclier magique ? —, le sorcier fit un signe à Castor. Ce dernier fronça le nez d'un air dédaigneux et tourna les talons. Le sorcier esquissa un sourire à l'adresse de Tara et suivit son apprenti. Le bouclier disparut. Bien que Tara ne voulait pas les laisser partir ainsi, elle savait que le vieil homme était bien trop puissant pour qu'elle l'affronte. Ses pupilles s'arrondirent alors et elle s'aperçut qu'elle se sentait très faible. Peut-être qu'elle n'aurait pas dû utiliser ses pouvoirs… Comme pour lui donner raison, ses jambes se dérobèrent sous elle et elle s'effondra dans la neige. Elle vit une ombre s'approcher, mais s'évanouit avant de voir son visage…

Polux déposa Tara sur le sol. C'était une chance qu'il ait trouvé cette grotte. Il avait dû porter Tara durant près d'une heure avant d'apercevoir l'entrée, dissimulée par de grosses buttes de neige. Au moins ici, ils seraient en sécurité. Le Rôdeur couvrit Tara de sa cape et s'assit près d'elle, le dos contre la paroi rocheuse. Anouka vint s'installer à ses côtés.

— Désolé, fit Polux en posant la main sur la tête de la louve. J'ai pas su te comprendre…

Anouka poussa un petit gémissement et se blottit un peu plus contre son frère. Ce dernier sourit.

— Fais de beaux rêves, ma belle, murmura-t-il avant de fermer les yeux.

Tara ouvrit les yeux et aperçut un ciel en pierre. Elle fronça les sourcils, légèrement étourdie, et se redressa. Ses souvenirs se remirent tranquillement en place et elle comprit qu'elle était dans une grotte. À côté d'elle, quelqu'un se mit à marmonner. Elle tourna la tête et découvrit Polux, qui clignait des paupières en la regardant. Il était en train de se réveiller, selon ce que son regard vitreux démontrait. Finalement, lorsqu'il sembla avoir repris tous ses esprits, le Rôdeur ouvrit de grands yeux et s'exclama :

— T'es réveillée ! Ça va ? Comment tu te sens ? T'as mal à quelque part ? C'est moi qui t'ai amenée ici. Je suis désolé pour ce qui s'est passé ! Tu m'en veux ?

Tara resta silencieuse pendant un moment, un peu déstabilisée par la panique de son ami. Puis, devant l'expression suppliante du Rôdeur, elle éclata de rire.

— Quoi, ça te fait rire ? Alors que tout est de ma faute !…

Tara n'en rit que plus fort.

— T'es trop mignon, laissa-t-elle échapper.

Polux se figea et se sentit rougir. La Tueuse continua de rire pendant encore quelques secondes avant de redevenir silencieuse. Lorsque son regard rencontra celui du Rôdeur, ses joues s'embrasèrent.

— Je…

— …Merci Tara, dit finalement Polux. Tu m'as sauvé la vie, tu sais ?

Tara esquissa un petit sourire. Elle jeta un œil aux murs de la grotte, autour d'elle, et répondit :

— Merci d'avoir sauvé la mienne.

Les deux adolescents se fixèrent durant un long moment. Polux se pencha alors vers Tara, qui émit un petit rire nerveux. C'est à ce moment qu'un grognement sourd leur parvint. Polux soupira et tourna la tête vers Anouka, qui avait ouvert un œil.

— Ça, dit le Rôdeur à l'intention de Tara, ça voulait dire : « Faites moins de bruit, y en a une qui essaie de dormir, ici !… »

14

LA GROTTE AUX MURMURES

– Tu vois quelque chose ? demanda Tara.

Le son de sa voix rebondit sur les murs de pierre, créant l'illusion que des dizaines de personnes répétaient après elle. Polux frissonna.

– Rien de plus que toi, marmonna-t-il.

De nouveaux chuchotis lui parvinrent et il serra les dents. Chaque écho que déclenchaient leurs paroles lui donnait l'impression qu'ils étaient épiés et, comme la noirceur qui les entourait était totale, cette désagréable sensation n'en était que plus forte.

– Oh, pourquoi doit-on absolument trouver une autre sortie ? soupira alors Tara.

« … trouver une autre sortie… », reprit l'écho.

— Parce qu'Anouka a senti quelque chose de l'autre côté et que j'ai pas envie de finir en brochette.

— Alors j'espère qu'elle a raison !…

Derrière Polux, la louve émit un petit grognement d'indignation et la Tueuse murmura une brève excuse. Le Rôdeur soupira et tenta de se concentrer sur ce qui l'entourait. Les mains glissant sur les parois rocheuses, il avançait prudemment, guettant le moindre son qui pourrait trahir la présence de quelqu'un ou de quelque chose. C'est alors que le sol se déroba sous ses pieds. L'adolescent tenta de se cramponner aux murs, mais il n'avait aucune prise. L'air s'engouffra si violemment dans ses poumons qu'il en eut le souffle coupé. Son cri resta donc coincé dans sa gorge lorsqu'il ouvrit la bouche et c'est avec horreur qu'il entendit Tara pousser une faible exclamation. Il comprit qu'il avait entraîné ses amies dans sa chute…

Anouka ouvrit les yeux. Elle agita les oreilles, puis la queue avant de se redresser. Elle tourna lentement la tête et aperçut deux silhouettes, un peu plus loin, faiblement éclairées par une quelconque source lumineuse — dont elle se fichait de ne pas connaître l'origine. La louve s'avança vers les silhouettes, ses griffes produisant de petits cliquetis à chaque pas. Elle découvrit alors Polux et Tara, toujours inconscients. Anouka s'immobilisa et pencha la tête d'un côté, comme le faisait parfois Polux quand il se posait des questions. C'est d'ailleurs ce qui arrivait à la louve car, en effet, elle s'apercevait que les adolescents étendus devant elle n'avaient pas d'odeur ! Intriguée et légèrement inquiète, Anouka fit un pas en avant et approcha son museau de son frère de meute. Lorsque sa truffe effleura la peau du garçon, la silhouette de celui-ci tremblota avant qu'il ne disparaisse complètement. La louve laissa échapper un petit gémissement de surprise. Elle continua à fixer l'espace vide où se trouvait Polux un instant plus tôt. Elle finit par se tourner vers Tara en poussant un nouveau gémissement, mais la jeune fille s'était elle aussi volatilisée. Anouka était seule.

Tara sentit la pierre froide contre sa joue et fronça les sourcils. Elle cligna des paupières, puis ouvrit les yeux. Elle resta allongée quelques secondes alors que les souvenirs lui revenaient. Elle avait fait un pas en avant, mais il n'y avait plus rien eu pour la soutenir. Elle se rappelait avoir suffoqué pendant la chute et... plus rien. Elle n'avait senti aucun impact. Avec précautions, l'adolescente agita les doigts et les orteils. Jusque-là, ça allait. Lentement, Tara posa ses mains à plat sur le sol et se redressa. Une fois assise, elle put observer l'endroit où elle se trouvait. L'espace était vaste, le sol de pierre, presque aussi lisse que des galets. Une lumière bleutée permettait à la jeune fille de mieux discerner les détails des lieux. En cherchant sa source, Tara saisit que la lumière semblait émaner des murs. Peut-être des cristaux étaient-ils incrustés dans les parois ? La Tueuse se leva et pencha la tête en arrière, espérant apercevoir une saillie qui leur permettrait de remonter à la surface — elle avait la nette impression que ses amis et elle s'étaient enfoncés sous terre. Mais le haut des parois se perdait dans le noir. Tara fronça les sourcils en comprenant qu'ils avaient chuté d'une hauteur vertigineuse et s'en étaient sortis indemnes. Elle regarda autour d'elle afin de trouver Polux et Anouka. Elle les aperçut un peu plus loin, toujours inconscients. Elle marcha jusqu'à eux et s'accroupit à côté du Rôdeur. Elle allait le secouer pour tenter de le réveiller, mais s'immobilisa au dernier moment. Elle observait le visage du garçon, d'une blancheur troublante dans la lumière bleutée. Malgré cela, l'adolescente sentit son cœur battre un peu plus vite dans sa poitrine. Elle détourna les yeux et son regard fut attiré par la masse blanche, à côté de Polux : Anouka. À ce moment, Tara pensa aux changements qu'elle avait provoqués en entrant dans leur vie. Elle se mordit la lèvre. Depuis que Polux avait accepté de passer du temps avec elle, la Tueuse s'était appropriée une place qu'avait entièrement occupée Anouka dans le cœur du garçon. Maintenant, la louve devait partager son frère de meute. Tara approcha sa main de la tête d'Anouka pour la caresser, comme pour se faire pardonner. Au moment où ses doigts effleurèrent le pelage blanc, la silhouette de la louve devint floue. Tara cligna des paupières. Lorsqu'elle rouvrit les yeux, Anouka avait disparu. La Tueuse hoqueta de surprise. Lorsqu'elle tourna la tête vers Polux, elle ne vit rien. Tara était seule.

Polux serra les dents et ouvrit lentement les paupières. Il resta allongé quelques secondes, étourdi, avant de se redresser sur ses coudes. En regardant autour de lui, il comprit qu'ils étaient tombés d'une hauteur inconcevable. Tout d'abord, la galerie dans laquelle ils avaient atterri était très différente de la première. Ensuite, en levant la tête, le Rôdeur s'aperçut qu'il était impossible de discerner un quelconque plafond, car celui-ci se perdait dans les ténèbres. Les yeux rivés à un point invisible au-dessus de sa tête, Polux fronça les sourcils. Comment pouvait-il être sorti intact d'une chute pareille ? Son cœur fit un bond dans sa poitrine lorsqu'il se souvint qu'il n'avait vu Tara et Anouka nulle part. Le garçon sauta sur ses pieds, s'étonnant encore une fois de ne ressentir aucune douleur. Il scruta le vaste espace, aidé par la lumière bleutée qui semblait émaner des murs – un peu étrange, mais quelle importance si cela lui permettait d'y voir ? Polux distingua finalement deux silhouettes, un peu plus loin. Il se dirigea vers elles presque au pas de course et s'agenouilla tout près de la première : Anouka. La louve paraissait paisible. Polux se détendit en voyant qu'elle n'était pas blessée. Il jeta un œil à Tara, étendue aux côtés de l'animal. La jeune fille semblait n'avoir rien du tout, pas même une égratignure ! Le Rôdeur continua à observer ses amies pendant un instant. Lorsque ses yeux se posaient sur Tara, son cœur s'emballait. Mais lorsque son attention était portée sur Anouka, il se serrait. Polux avait l'impression d'avoir négligé sa sœur de meute depuis quelque temps. Avant de rencontrer la Tueuse, il n'avait d'yeux que pour la jeune louve blanche. Et maintenant... c'était un peu plus compliqué. Les reflets dorés dans les yeux d'Anouka se faisaient de plus en plus présents, signe qu'elle devenait adulte. Mais Polux pensait tellement à Tara qu'il n'avait pas remarqué que l'azur quittait tranquillement les iris de la louve. Pour s'excuser, le Rôdeur voulut gratter le cou de sa sœur, comme elle aimait qu'il le fasse. Mais au moment où ses doigts effleurèrent le pelage soyeux d'Anouka, sa vision se troubla. La silhouette de la louve sembla trembloter. Polux cligna des paupières. Lorsque tout redevint net, Anouka avait disparu. L'adolescent sursauta et tourna la tête vers Tara. Rien. Polux était seul.

Le museau collé au sol, Anouka cherchait une piste, une odeur qui lui serait familière. Plus précisément, l'odeur de Polux. Mais il n'y avait rien. Oh, la louve avait bien aperçu une ombre, un peu plus tôt ! Toutefois, elle avait dû tout imaginer, car dès qu'elle s'était mise à courir, l'ombre s'était mise à faire de petites vagues – comme lorsque Polux lançait un caillou sur son reflet dans l'eau – et était disparue. Maintenant, Anouka commençait à perdre espoir. Et si jamais elle ne trouvait pas Polux et ne le revoyait jamais ? Elle en mourrait, c'est sûr. Alors, refusant d'abandonner, la louve se dirigea vers quelque chose qui l'intriguait. Dans un coin, là-bas, brillait un petit point. En s'approchant un peu plus, Anouka s'aperçut qu'il s'agissait d'un petit insecte. Un insecte qui clignotait d'une lueur dorée. Anouka en avait mangé, un soir, alors que Polux riait en la regardant sautiller pour les attraper. Ç'avait été la première et dernière fois qu'elle tentait d'avaler ces bestioles – ça gigotait beaucoup trop dans la bouche. Par contre, cet insecte-là ne voletait pas dans tous les sens comme les autres. Anouka agita les oreilles et approcha sa truffe. À sa grande surprise, elle découvrit que la bestiole n'avait pas d'odeur. Comme c'était étrange ! Tout avait une odeur ! L'herbe, le soleil, les proies, les parois de cette caverne, le vent qui provenait de ce tunnel… Anouka tourna brusquement la tête. À travers ce vent, elle avait senti l'odeur de Polux. La louve agita de nouveau les oreilles. Mais qu'est-ce que Polux pouvait bien faire dans ce tunnel ? Anouka s'en fichait éperdument. L'insecte-clignotant s'enfonça alors dans la noirceur du passage et la louve blanche le suivit, les yeux rivés sur cette belle lueur dorée…

Son pied dérapa sur un caillou. Tara ouvrit la bouche, mais avant même d'avoir eu le temps de crier, elle se retrouva par terre, étalée de tout son long. Elle soupira en serrant les dents. Elle s'était cogné le menton sur la pierre et le choc s'étendait dans toute sa mâchoire. La jeune fille se releva lentement, un peu chancelante. Elle allait reprendre son chemin lorsque quelque chose attira son regard. Tara tourna la tête et découvrit un papillon aux grandes ailes blanches. L'insecte était entouré d'un halo bleuté, ce qui inquiéta l'adolescente. Elle se dirigea tout de même vers lui, le cœur battant. Le papillon voletait tranquillement en cercle et ne semblait pas se soucier de la présence de Tara, jusqu'à ce que celle-ci lève la main pour le toucher. L'insecte fila alors entres les doigts de la Tueuse avant de s'enfoncer dans… dans un tunnel. Tara resta immobile quelques secondes. Elle sentit qu'une brise, venant du couloir sombre devant elle, soulevait des mèches de ses cheveux. Elle pouvait aussi voir le petit point lumineux, au milieu du trou noir. La jeune fille se mordit la lèvre. Elle retint son souffle, fit un pas en avant, hésita. Puis, elle soupira et se décida à suivre le papillon…

Polux glissa la main jusqu'à sa ceinture et serra le manche de son sabre. Il faisait ça uniquement pour se rassurer, histoire de montrer à ses ennemis invisibles qu'il pouvait se défendre. Malgré ça, son impression d'être observé ne disparut pas et un frisson lui remonta le long de la colonne vertébrale. Le Rôdeur arrêta de marcher, se concentrant sur ce qui l'entourait. Bien que le sang battait à ses tempes, il pouvait entendre le bruit de sa respiration et, chose qu'il trouvait très dérangeante depuis son arrivée dans la grotte, *l'écho* de sa respiration. Le garçon vit alors quelque chose dans l'ombre. Des yeux. Polux fit quelques pas en avant. Grâce à la faible lumière produite par les murs — le Rôdeur ne comprenait toujours pas ce phénomène –, il s'aperçut que la paroi rocheuse était percée par un tunnel. C'est là que se trouvait la bête aux yeux d'ambre. Le garçon soupira en les reconnaissant.

— Anouka…

Contrairement à ce à quoi s'attendait Polux, Anouka tourna les talons et s'enfonça dans le tunnel. Le Rôdeur courut pour la rattraper, mais se figea après une courte distance. Maintenant qu'il se trouvait plus près de la louve, il comprit qu'il avait fait une erreur : l'animal devant lui n'était pas Anouka ! Ce loup-là était plus gros et ses pattes postérieures étaient noires. Le loup se retourna vers Polux, toujours immobile. Lorsqu'il montra ses crocs en grondant, le Rôdeur recula de quelques pas avant de pivoter sur ses talons. Mais, d'une façon qu'il ignorait, le loup se retrouvait devant lui, bloquant la sortie du tunnel. Ce qui signifiait que Polux n'avait pas d'autres choix que de s'enfoncer dans les ténèbres du passage. L'adolescent fit donc demi-tour à toute vitesse, laissant le loup derrière lui…

Anouka jappa aux autres loups de se taire. Elle ne les connaissait pas et ne voulait pas les connaître. En plus, elle ne les voyait pas. Les autres loups se cachaient. Alors, qu'ils arrêtent de l'importuner s'ils ne voulaient même pas se montrer ! Ç'avait commencé quand Anouka avait perdu de vue l'insecte-clignotant. Elle s'était mise à entendre des hurlements de loup. Des hurlements lointains dont seul l'écho lui parvenait. Et l'avertissement qu'y avait entendu Anouka l'avait glacée d'effroi. Les loups-invisibles disaient que l'être qui lui était le plus cher lui serait enlevé et que jamais elle ne le retrouverait. Anouka s'était immédiatement mise à japper que personne ne pourrait lui enlever son Polux pour toujours. Elle préférait mourir plutôt que d'être séparée de lui à jamais. Pourtant, l'écho persistait. Alors, le poil d'Anouka s'était hérissé et elle s'était mise à courir en jappant, en hurlant que jamais quelqu'un n'arriverait à lui arracher son frère de meute pour la vie. Jamais.

Tara plaqua ses mains sur ses oreilles.

– ARRÊTEZ !!!

Son cri alla rebondir contre les murs de pierre. Malgré ses oreilles bouchées, l'adolescente continuait d'entendre les murmures. Ces voix lui étaient parvenues après qu'elle eût perdu le papillon de vue. Au début, ce n'était qu'un étrange mélange de sons et de mots. Puis, tout s'était mis en place. Les mots se succédaient maintenant dans le bon ordre pour former des phrases. Tara n'avait pas voulu leur porter attention, mais lorsqu'elle s'était aperçu que les murmures s'adressaient à elle... Elle avait regretté de leur avoir accordé une quelconque importance. Désormais, les voix se faisaient de plus en plus présentes, répétant qu'un être cher allait l'abandonner. Cette prophétie provoquait de violents tremblements à Tara, qui s'efforçait de penser à autre chose... sans grand succès. Et ces mots qui résonnaient dans son crâne ! « Être cher... abandonner... » Tara sentit ses jambes se dérober. Une fois à genoux, elle se recroquevilla.

— Ça suffit...

Son murmure fut noyé dans l'océan de voix. Elle éclata en sanglots.

La tête lui tournait. Toutes ces voix... Polux ne pouvait plus les supporter. Il s'était mis à entendre ces murmures lorsque le loup avait arrêté de le poursuivre. C'était toujours la même chose. Les voix répétaient qu'il s'arracherait aux êtres qui lui étaient le plus chers... Mais pourquoi Polux ferait-il une chose pareille ? Ces chuchotements faisaient frissonner le Rôdeur. Il ne comprenait pas ce que tout cela voulait dire ! Et il n'y avait pas que cette histoire d'abandon. C'était comme si les voix voulaient le mettre en garde. Les mots étaient légèrement confus, mais le message semblait être : « Tu te laisseras avaler par la mer alors que tu touchais l'azur ». Ça n'avait aucun sens ! Enfin, peut-être que si, mais Polux refusait d'écouter toutes ces voix. Il refusait de croire qu'il pourrait abandonner ceux qu'il aimait. Rien ne pourrait le pousser à faire ça. Absolument rien.

15

« TU TE LAISSERAS AVALER PAR LA MER ALORS QUE TU TOUCHAIS L'AZUR »

Un affreux mal de tête. Voilà ce qui réveilla Polux. Le Rôdeur ouvrit les yeux. Il ne savait pas trop où il était, ni comment il y était atterri. Il sentait le sol dur et frais contre sa peau. Lentement, il se retourna sur le dos et balaya les lieux du regard. Dans le noir presque total, il s'aperçut qu'il se trouvait dans une large grotte dont le plafond était si haut qu'il se perdait dans les ténèbres. C'est à ce moment que Polux se souvint de la chute… et des voix. Avait-il rêvé tout ça ? Le Rôdeur se redressa lentement sur ses coudes. Rien. Aucune douleur. En jetant un nouveau coup d'œil au-dessus de sa tête, il comprit que quelque chose n'allait pas. Le tunnel dans lequel lui et les autres se trouvaient un peu plus tôt était étroit et bas de plafond. Donc, la chute était réelle. Mais comment se faisait-il qu'il aille bien ? Polux se releva avec précaution. Il chancela un peu, mais à part sa migraine, il n'avait rien. Il regarda autour de lui et c'est avec un énorme soulagement qu'il découvrit Tara et Anouka à quelques mètres de là. Elles étaient toujours inconscientes. Le Rôdeur marcha jusqu'à ses amies et s'accroupit à côté de sa sœur de meute. Il leva une main tremblante et l'approcha de la tête de la louve. Son cœur eut un raté quand ses doigts effleurèrent son pelage, mais que la silhouette d'Anouka resta bien nette. Polux soupira. Alors que sa sœur poussait un petit grognement-gémissement en agitant les oreilles, le Rôdeur se détendit. Il pencha tout de même la tête en arrière, ses yeux sondant les ténèbres. Comment était-ce possible ?

Anouka ouvrit les yeux. Quelque chose lui gratouillait la tête entre les oreilles… Polux ?! La louve se tortilla et se retourna sur le dos, quatre pattes en l'air. La regardant d'en haut, son frère de meute lui dit :

— Ça va, ma belle ?

Anouka ouvrit la gueule et poussa un petit jappement. Quand Polux se mit à lui frotter le ventre, elle agita la queue et le garçon sourit. Après un court moment, la louve se tortilla de nouveau, cette fois pour se remettre sur ses pattes. Lorsque cela fut fait, elle se jeta sur Polux, le plaquant au sol. Elle couvrit ensuite de bave le visage de son frère. Finalement, quand le Rôdeur la repoussa, elle s'écarta docilement et s'assit. Polux se redressa à son tour. Il posa une main sur la tête de la louve avant de reporter son attention sur un point invisible au-dessus de leur tête. Anouka leva le museau vers le plafond. En découvrant que, même si elle pouvait voir dans le noir, il lui était impossible de distinguer quoi que ce soit, ses oreilles se plaquèrent sur sa tête. Un grondement sourd s'éleva alors de sa gorge.

Tara s'était réveillée quelques minutes plus tard. Sauf pour s'assurer que tout le monde allait bien, personne n'avait prononcé un mot. Les adolescents et la louve avaient ensuite entrepris de trouver un passage qui leur permettrait de retourner à l'air libre. Tout le monde semblait bien pressé de quitter cette grotte… Après un long moment passé dans le silence le plus lourd et le plus complet, Polux décida finalement de poser la question qui le travaillait depuis qu'il connaissait le secret de Tara :

— Tara… Pourquoi est-ce que tu refuses d'utiliser tes pouvoirs de Tueuse ?

La jeune fille resta silencieuse. Elle inspira profondément et sa voix se répercuta en échos lorsqu'elle dit :

— Eh bien… C'est parce que les Tueurs ont un petit problème : les pouvoirs leur montent bien souvent à la tête et ça finit par les détruire de l'intérieur.

Polux sentit son cœur faire un bond dans sa poitrine.

— Alors, est-ce que ça veut dire que…

— Non, t'en fais pas pour moi, s'empressa de le rassurer Tara. J'utilise pas assez mes pouvoirs pour ça. Rien ne peut m'arriver, d'accord ?

Le Rôdeur hocha la tête et jeta un coup d'œil à la Tueuse. Cette dernière l'observait et lorsque leur regard se croisèrent, tous deux se sentirent rougir. Les adolescents détournèrent immédiatement la tête. Le silence retomba et, Anouka ouvrant la marche, le petit groupe continua sa route.

Anouka aperçut un cercle lumineux plus loin devant. La sortie ! Elle agita les oreilles et poussa un petit jappement pour prévenir ses amis. Elle sautilla quelques secondes, montrant son empressement, mais les adolescents derrière elle refusèrent d'accélérer. Trop impatiente de sortir de cette grotte, la louve se mit à courir vers le cercle de lumière.

Polux regarda Anouka filer vers la sortie. Lorsque la louve traversa l'interstice qui leur permettait de quitter la grotte, sa silhouette disparut dans l'éblouissante lumière du dehors. Il y eut alors un bruit, presque inaudible, ressemblant à un gémissement. Les battements du cœur de Polux s'accélérèrent et, Tara sur les talons, il courut jusqu'à la sortie. Au moment où il passait le rideau de lumière, un poids s'abattit dans son dos et il fut plaqué au sol.

— J'te croyais plus malin que ça ! s'esclaffa Castor en lui écrasant les épaules contre le sol. Y a quand même un peu de mon sang dans tes veines...

Le Rôdeur sentit la colère monter en lui.

— La ferme..., marmonna-t-il.

Cela lui coûta un grognement de douleur, mais il réussit à se tordre un bras et à empoigner le col de la cape de Castor. Il tira violemment dessus et son frère perdit l'équilibre avant de venir s'étaler à ses côtés. Le Rôdeur se redressa, mais avant qu'il ne puisse se remettre sur ses pieds, Castor se jeta sur lui. Les deux frères roulèrent un par-dessus l'autre et échangèrent quelques coups qui atteignirent rarement leur cible. Polux finit par se retrouver sur Castor et il lui empoigna la gorge à deux mains. Le Fugitif ouvrit la bouche à la recherche d'air, essayant d'écarter les doigts de son frère d'une main. De l'autre, il tâtonnait le sol. Il trouva finalement ce qu'il cherchait et, la pierre bien serrée entre ses doigts, il assena à Polux un violent coup derrière la tête. Alors que la pression se faisait de moins en moins forte sur la gorge de Castor, le Rôdeur se sentit vaciller. Il vit son frère sourire. Et il fut avalé par les ténèbres…

Anouka se redressa sur ses pattes arrière, tirant sur la chaîne qui l'attachait à un arbre. Les maillons se serrèrent autour de son cou et étouffèrent à moitié ses jappements. La louve poussa un long hurlement en regardant l'abeille géante emporter Polux et Tara. Elle retomba sur ses pattes avant et resta immobile un court instant, le museau en l'air, les yeux rivés sur l'engin métallique qui s'élevait de plus en plus haut dans les airs. Elle entendit alors des hurlements de loup. Elle tourna la tête dans tous les sens, mais ne vit rien. C'est là qu'elle comprit que les hurlements étaient uniquement dans sa tête. C'était des souvenirs. Anouka sentit les battements de son cœur s'accélérer. Elle se leva une nouvelle fois sur ses pattes postérieures, jappant, grognant, hurlant et tirant sur la chaîne de toutes ses forces. Les échos avaient dit vrai. L'être qui lui était le plus cher lui avait été enlevé. Et peut-être qu'elle ne le reverrait jamais.

Polux ouvrit lentement les yeux. Sa tête lui faisait mal. Il avait la nausée. Et tout était embrouillé. Il était allongé sur le dos et il sentait le métal froid contre sa peau. Il pouvait entendre le bourdonnement du dirigeable dans lequel il se trouvait. Ça faisait un bruit d'enfer, ce truc…

— Polux ?

Le Rôdeur tourna la tête dans toutes les directions à la recherche de la source de cette voix. Cela aggrava son tournis et lorsqu'il vit Tara, un peu plus loin, la Tueuse semblait s'être dédoublée.

— Comment tu te sens ? interrogea-t-elle en s'approchant.

— Sans commentaire, marmonna Polux. Question suivante ?

— Tu pourrais pas être sérieux une minute ?

Le Rôdeur soupira devant l'air agacé de Tara. Il s'assit donc et s'installa bien en face de l'adolescente. Il prit une seconde pour analyser leur prison : nettement plus grande que lors de leur arrivée dans les Royaumes du Nord, les murs, les deux portes, le plafond et le plancher étaient faits de métal. À part ça, rien à noter : c'était vide.

— Il nous faut un plan, Polux, insista Tara.

Le Rôdeur soupira. Bien sûr qu'il leur fallait un plan !... Mais, à quoi bon ? Que feraient-ils si, par miracle, ils arrivaient à se débarrasser des Fugitifs ? Ils piloteraient le dirigeable jusqu'au Royaume des Quatre ? « J'en ai assez... », se dit Polux en plongeant ses yeux dans le regard violet de la Tueuse. Celle-ci l'observa un moment, puis détourna les yeux.

— Ils nous ont laissé nos armes, dit-elle.

Le Rôdeur esquissa un sourire. C'était peut-être en raison de l'absurdité de la remarque, ou alors c'était l'ignorance de la Tueuse qui la rendait mignonne. Ou les deux.

— Lorsqu'un guerrier meurt, souffla Polux, on lui rend ses armes. Il doit les porter même dans la mort. Ça montre qu'il s'est battu jusqu'au bout…

Il y eut une seconde de silence, puis l'adolescent laissa échapper un petit rire.

— Ça prouve que Castor a un minimum d'estime pour son petit frère, lança-t-il.

Tara le regarda en fronçant les sourcils. Elle lui reprochait sûrement son manque de sérieux. Encore.

— Fais pas comme si tu savais pas, soupira le Rôdeur.

Il riva ses yeux à ceux de la jeune fille et, pendant un instant, son regard fut presque suppliant. Tara restait toutefois de glace, refusant l'évidence même. Polux inspira profondément avant de laisser tomber :

— Tu le sais aussi bien que moi, Tara : on va mourir.

Polux pouvait entendre des bruits de pas de l'autre côté du mur de métal. Il leva les yeux vers Tara, debout à ses côtés, et soupira en la voyant serrer les nœuds autour de son poignet. Elle y avait attaché les quatre coins de sa cape, dans l'espoir de pouvoir s'en servir comme parachute lorsqu'ils seraient jetés dans le vide.

— Ça te servira à rien, répéta Polux en posant sa tête contre le mur.

— À rien, sauf à me sauver la vie, répliqua Tara d'une voix sèche.

Le Rôdeur en eut assez.

— Tu pourras rien y faire ! s'écria-t-il en levant les bras. Ils vont nous lâcher au-dessus de la Cité des Morts ! Il y fait tellement froid que même un fils du Nord n'y résiste pas plus de quelques heures !

Tara pinça les lèvres. Lorsqu'elle parla, sa voix tremblait :

— Mais... Il faut essayer, Polux...

Le Rôdeur sentit son cœur se serrer. Il savait que tout ça était inutile.

Lui supporterait peut-être le froid assez longtemps pour trouver un refuge, mais Tara, elle… Et puis il n'y avait pas que ça.

— J'en peux plus…

Tara se laissa tomber à genoux à côté de lui. Il tourna la tête dans sa direction et serra les dents en découvrant les yeux violets qui brillaient de larmes.

— Il faut essayer, Polux ! supplia Tara. C'est notre seule chance…

— Non, la coupa Polux dans un souffle. J'en ai assez de me cacher. J'en ai fini avec cette vie.

Derrière la première porte, les pas se rapprochaient.

Deux hommes entrèrent et marchèrent droit vers les adolescents.

— J'espère que vous savez voler, dit l'un d'eux.

Polux serra les dents en les regardant s'approcher. Lorsque le premier l'attrapa par les épaules et l'obligea à se lever, il eut de la difficulté à tenir sur ses jambes — le coup qu'il avait reçu derrière la tête y était pour beaucoup. Une fois les deux prisonniers debout, on les poussa jusqu'à la deuxième porte. L'homme qui tenait l'épaule de Tara posa une main sur la poignée. Polux sentit son cœur cogner dans sa poitrine. Il n'osa pas regarder Tara qui, il le savait, serrait sa cape entre ses doigts, la main cachée sous l'autre cape qu'elle portait – la cape de Polux. Un des Fugitifs se pencha à l'oreille du Rôdeur et murmura :

– Castor te souhaite un bon voyage…

La porte s'ouvrit brusquement et ils furent jetés dans le vide. Alors qu'ils entamaient leur descente, Tara attrapa la main de Polux. Comme elle l'avait espéré, la cape qu'elle avait attachée à son poignet se gonfla. Pendant une seconde, leur chute sembla s'être arrêtée et les deux adolescents se sentirent comme soulevés. Puis ils recommencèrent à descendre, cette fois beaucoup plus doucement, portés par le vent qui gonflait leur voile. La Tueuse pencha la tête vers Polux, les doigts serrés autour du poignet de ce dernier.

— On va s'en sortir, Polux… On va…

Elle sentit les nœuds se desserrer, autour de son poignet. Elle serra les doigts un peu plus fort. Elle plongea ses yeux dans ceux de Polux et elle sentit les larmes monter lorsqu'elle comprit ce que signifiait le regard du garçon.

— Non…, fit-elle.

Elle sentit que la cape commençait à lui glisser des mains.

— C'est contre la vie que je me battais, Tara. Maintenant, c'est fini…

Des larmes roulèrent sur les joues de la Tueuse, se transformant presque immédiatement en perles de glace.

— Non, Polux…

— Pardonne-moi.

Le Rôdeur ouvrit la main et ses doigts se mirent à glisser.

— Polux… !

— Je t'aime, Tara…

Et il tomba.

À suivre…

Extrait du tome 2

1

ÉVEIL

Il croyait qu'il aurait peur, mais ce n'était pas le cas. Il était serein, calme, en paix avec lui-même. Enfin, presque. L'ombre au-dessus de lui, de plus en plus loin dans le ciel, lui provoquait bien un pincement au cœur. À part ça… Il croyait qu'il verrait des choses, mais non. Aucun souvenir particulièrement agréable n'apparaissait dans son esprit. Pas même un qui serait vraiment désagréable. Enfin, si. Il percevait peut-être des pleurs, mais il n'arrivait pas à les situer dans le temps. Mais quelle importance ? Il croyait qu'il sentirait quelque chose, mais il semblait avoir été épargné. Ses poumons, vidés de leur air — ou étaient-ils plutôt sur le point d'exploser ? — ne le faisaient pas souffrir. Même cette surface gelée sur laquelle il se précipitait ne le blessa pas lorsque son dos s'y fracassa. Il croyait avoir des regrets, mais rien. Alors qu'une eau glacée resserrait lentement ses bras autour de lui, il prit conscience que personne ne le regretterait, lui. Personne ne comprendrait qu'en ce moment même, alors que ses paupières se fermaient, son cœur cessait de battre. Et c'était ça qui était douloureusement effrayant.

L'air s'engouffra dans sa gorge lorsque Tara essaya d'hurler, la faisant suffoquer pendant un moment. À la place, elle abattit ses poings contre l'épaisse couche de glace, réveillant la douleur dans son poignet droit. Elle s'était blessée en atterrissant. Trop pressée de rejoindre la terre ferme — dans ce cas-ci, il s'agissait plutôt de glace —, elle s'était laissée tomber au moment où elle se jugeait à une altitude adéquate. Elle aurait dû se douter que l'image de Polux s'écrasant au sol fausserait ses calculs. Bien qu'elle n'ait rien vu de précis à la distance à laquelle elle se trouvait lorsque ça s'était passé, son imagination était amplement suffisante pour combler ce manque de détails !... Donc, après s'être servi de ses mains pour amortir la chute et s'être tordu le poignet par le fait même, elle s'était précipitée à l'endroit où aurait dû se trouver le corps brisé du Rôdeur. En n'y découvrant rien d'autre que de la glace légèrement plus mince qu'ailleurs dans ce désert de neige, la Tueuse n'avait su si elle devait rire ou pleurer. Elle avait finalement opté pour un sentiment se situant quelque part entre les deux : la colère.

— Non ! cracha-t-elle. Non, non, non !

Elle répéta ce mot, encore et encore, exprimant par là tout ce qu'elle pouvait ressentir en cet instant. Ses poings frappaient la glace à un rythme de plus en plus rapide, la douleur s'étendant progressivement jusqu'à son épaule. Puis, lorsque ses cils devinrent tellement humides qu'ils gelèrent et restèrent pris ensemble, Tara cessa de hurler et accorda une pause à ses bras engourdis. Elle se recroquevilla, le front contre les genoux, et laissa les larmes apaiser sa souffrance. Elle se mit bientôt à trembler, d'épuisement ou de froid, elle l'ignorait. S'étant débarrassée de sa cape et de celle du Rôdeur, qui l'entravaient lors de sa course, rien n'empêchait les flocons de neige de se poser sur sa peau et de la glacer jusque dans son cœur. Mais cette sensation disparut lorsqu'elle sombra dans l'inconscience.

Il se sentait bien. Tout ce qu'il avait ressenti au cours de sa vie, sentiments ou sensations, semblaient avoir déserté son être. Et c'était tout simplement… une libération. Polux inspira profondément… et s'étouffa avec l'eau glacée qu'il venait d'ingurgiter. Il ouvrit les yeux, regrettant immédiatement son geste : encore plus d'eau vint s'y loger, et la douleur qui en découla en était presque insoutenable. Mais ce n'était rien comparé à ce que le manque d'air lui faisait maintenant endurer : son crâne semblait trop petit pour contenir son cerveau, comme s'il grossissait un peu plus à chaque seconde ; son cœur frappait si fort contre ses côtes que Polux pouvait presque les entendre craquer ; en même temps qu'elles semblaient se replier vers l'intérieur de son corps, son ventre brûlait et il avait l'impression qu'on tentait d'arracher ses abdominaux. Automatiquement, le Rôdeur agita ses bras dans une douloureuse tentative pour remonter à la surface. Sa bouche s'ouvrit de nouveau, ses poumons réclamant de l'oxygène. Un éclair de lucidité tenta de faire comprendre à Polux qu'il n'y arriverait pas. Et à l'instant où ses doigts, tendus au maximum à la recherche de l'air libre, touchaient une épaisse couche de glace, l'adolescent cessa de se battre. Le noir l'enveloppa et il crut qu'il allait couler. Mais soudain, il se sentit tiré vers le haut et la sensation d'écrasement que provoquait l'eau, partout autour de lui, disparut. Son corps heurta quelque chose de dur et un souffle glacé lui caressa la peau. Un souffle ?... Bien qu'il fût certain que cela soit inutile, Polux entrouvrit la bouche. Il inspira une nouvelle fois et... ses toussotements se mêlèrent au sifflement que provoquait l'air en s'engouffrant dans sa gorge, bien trop rapidement et en trop grande quantité. Au bout d'un moment, le garçon retrouva son souffle, avec la sensation que tout le haut de son corps était en ébullition. Cette impression fut vite remplacée par celle où sa moelle se congelait sans passer par les étapes frissons, grelottements et spasmes incontrôlables. Le Rôdeur se recroquevilla, les genoux sous son ventre, le menton contre sa poitrine et les bras autour de la tête. Tous ses muscles étaient contractés et semblaient se fissurer chaque fois que son corps tremblait, ce qui ne cessait jamais, en réalité. Polux était tout juste assez conscient pour penser clairement. « Besoin chaleur, me réchauffer, chaud, veux avoir chaud, de la chaleur, besoin… chaud… avoir… chaleur… » Ses dents cessèrent graduellement de s'entrechoquer. Ses muscles se détendirent légèrement et ses frissons s'espacèrent. Lorsqu'il réussit à ouvrir les yeux et à se redresser, le Rôdeur remarqua qu'il s'était légèrement enfoncé dans la glace, comme s'il s'était plutôt agi d'une grosse couche de neige. Le garçon inspira profondément, savourant la sensation de l'air gonflant ses poumons. Le plus étrange, se rendit-il compte alors, c'était qu'il avait désormais arrêté de trembler. Complètement. Et que la température environnante lui paraissait presque confortable. Polux se retourna vers l'endroit où devait se trouver le trou d'eau qui lui avait permis d'échapper à une mort certaine. Ce qu'il vit l'aurait jeté à terre s'il n'avait pas déjà été assis : telle une énorme sculpture en plein milieu du désert, une gerbe d'eau s'élevait sur près d'un mètre, l'eau s'était figée en énormes glaçons avant d'avoir eu le temps de retomber.

— D'accord, souffla le Rôdeur en observant la chose. J'ai passé à travers la glace…

Avec un frisson, il se rappela le plus terrifiant :

— …et j'ai survécu à une vraiment très, très, très grosse chute.

Son cœur fit un bond dans sa poitrine lorsqu'il se répéta cette dernière partie. Tara ! Où était-elle ?… Il regarda frénétiquement autour de lui, et ses yeux se posèrent sur une forme, tout près de lui, que la neige avait recouverte d'un filet de flocons. Il se précipita sur elle, alors que tout son corps le suppliait pour quelques minutes de repos supplémentaires. Quand enfin il la tint dans ses bras, Polux se remit à trembler. Les cheveux, les sourcils et les cils de Tara étaient pris en glaçons, son visage lui-même recouvert d'étoiles de glace. Est-ce qu'elle était… Non, elle respirait toujours. Faiblement, mais toujours. Polux serra un peu plus fort la jeune fille contre lui. Se souvenant de ce qu'il avait ressenti sous l'eau, il se concentra sur celle qui avait besoin de lui. « Réchauffe-toi ! S'il te plaît, s'il te plaît… Réchauffe-toi… » Son cœur battait fort, et le sang à ses tempes encore plus, comme pour lui signifier le temps qui passait. Mais bientôt, les cheveux de Tara dans ses mains lui parurent lourds et humides. Le Rôdeur releva la tête pour s'apercevoir que la glace et la neige qui recouvraient la Tueuse un instant plus tôt avaient disparu. L'adolescent laissa échapper un long soupir. « Et maintenant ? » Ils ne pouvaient pas rester ici, ils étaient en plein milieu de nulle part. Faux. Ils se trouvaient dans la Cité des Morts. Ce qui voulait dire… Polux leva la tête vers le ciel. Le soleil était presque couché. L'Ouest. Et cette bande sombre, là-bas, qui n'était peut-être qu'un triste mirage, se trouvait donc au Sud.

— On n'est pas si mal tombés, en fin de compte..., grimaça Polux en se relevant, tenant Tara serrée contre lui.

Les yeux rivés sur ce qu'il espérait être leur destination, le Rôdeur se mit en marche, évitant de s'interroger sur le phénomène qui faisait fondre la glace sous ses pieds.

Un souffle chaud lui chatouillait le visage. Tara remua et quelque chose se resserra autour d'elle. Elle ouvrit les yeux.

— Comment tu te sens ?

L'air lui manqua. Cette voix, ce ne pouvait pas... C'était impossible... Mais le visage au-dessus du sien ne mentait pas.